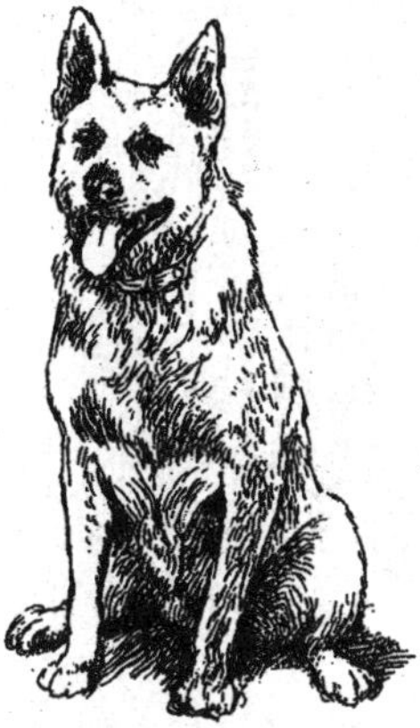

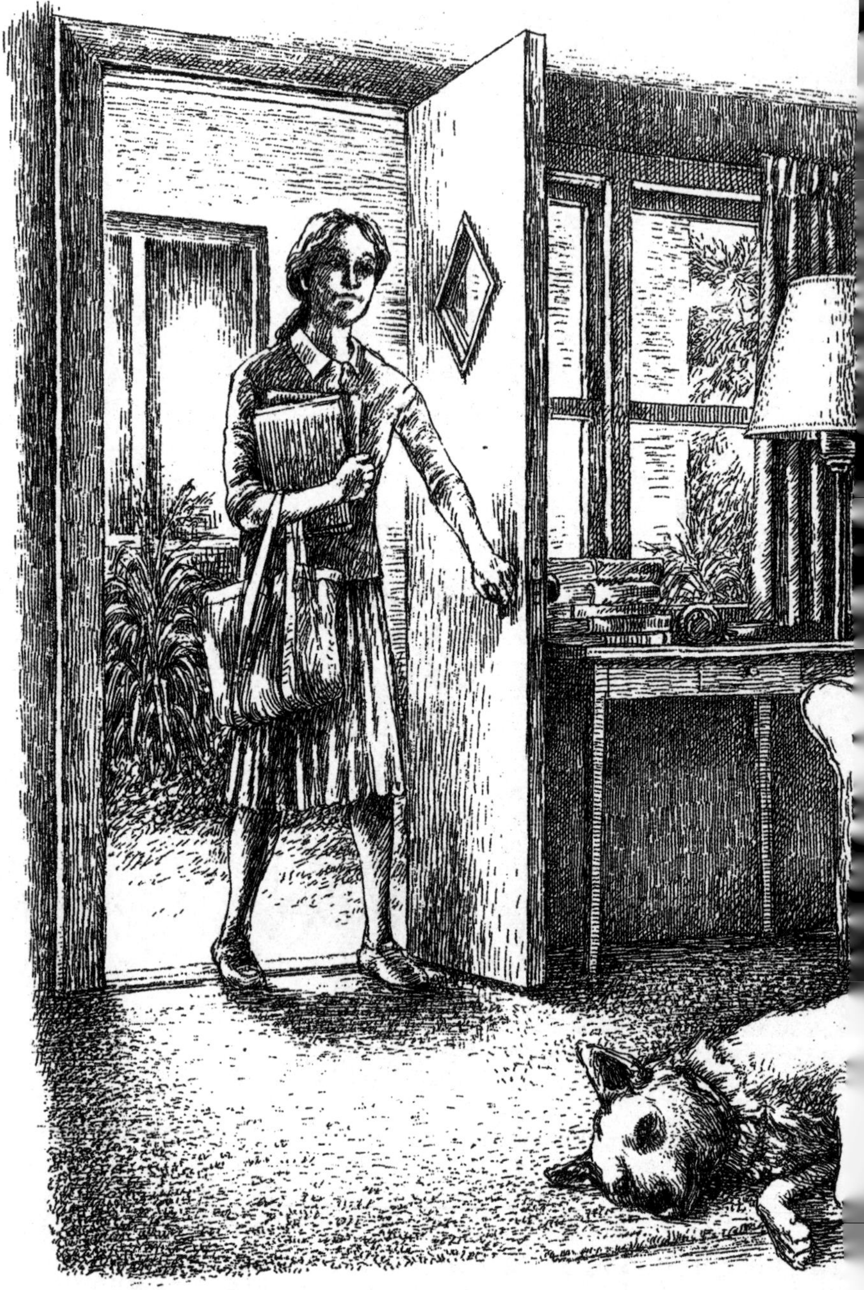

国际大奖小说
《纽约时报》杰出童书奖
《亲爱的汉修先生》姊妹篇

再见了,汉修先生

[美] 贝芙莉·克莱瑞 / 著
[美] 保罗·欧·泽林斯基 / 绘
万 华 / 译

天津出版传媒集团
新蕾出版社

图书在版编目 (CIP) 数据

再见了,汉修先生 / (美) 贝芙莉·克莱瑞 (Beverly Cleary) 著 ; (美) 保罗·欧·泽林斯基 (Paul O. Zelinsky) 绘 ; 万华译. -- 天津 : 新蕾出版社, 2017.1(2025.2 重印)
(国际大奖小说)
书名原文:Strider
ISBN 978-7-5307-4827-5

Ⅰ.①再… Ⅱ.①贝…②保…③万… Ⅲ.①儿童小说-中篇小说-美国-现代 Ⅳ.①I712.84

中国版本图书馆 CIP 数据核字(2016)第 249747 号

STRIDER
by Beverly Cleary
Copyright © 1991 by Beverly Cleary
Illustrations copyright © 1991 by HarperCollins Publishers Inc.
Interior illustrations by Paul O. Zelinsky
Simplified Chinese translation copyright © 2016
by New Buds Publishing House (Tianjin) Limited Company
Published by arrangement with HarperCollins Children's Books
through Bardon-Chinese Media Agency
ALL RIGHTS RESERVED
津图登字:02-2015-135

出版发行	: 天津出版传媒集团 新蕾出版社
	http://www.newbuds.com.cn
地　　址	:天津市和平区西康路 35 号(300051)
出 版 人	:马玉秀
电　　话	:总编办 (022)23332422 发行部 (022)23332351　23332677
传　　真	:(022)23332422
经　　销	:全国新华书店
印　　刷	:天津新华印务有限公司
开　　本	:880mm×1230mm　1/32
字　　数	:75 千字
印　　张	:5.25
版　　次	:2017 年 1 月第 1 版　2025 年 2 月第 17 次印刷
定　　价	:25.00 元

著作权所有,请勿擅用本书制作各类出版物,违者必究。
如发现印、装质量问题,影响阅读,请与本社发行部联系调换。
地址:天津市和平区西康路 35 号
电话:(022)23332351　邮编:300051

前言

一辈子的书

梅子涵

亲近文学

一个希望优秀的人,是应该亲近文学的。亲近文学的方式当然就是阅读。阅读那些经典和杰作,在故事和语言间得到和世俗不一样的气息,优雅的心情和感觉在这同时也就滋生出来;还有很多的智慧和见解,是你在受教育的课堂上和别的书里难以如此生动和有趣地看见的。慢慢地,慢慢地,这阅读就使你有了格调,有了不平庸的眼睛。其实谁不知道,十有八九你是不可能成为一个文学家的,而是当了电脑工程师、建筑设计师……可是亲近文学怎么就是为了要成为文学家,成为一个写小说的人呢?文学是抚摸所有人的灵魂的,如果真有一种叫作"灵魂"的东西的话。文学是这样的一盏灯,只要你亲近过它,那么不管你是在怎样的境遇里,每天从事怎样的职业和怎样地操持,是设计房子还是打制家具,它都会无声无息地照亮你,使你可能为一个城市、一个家庭的房间又添置了经典,添置了可以供世代的人去欣赏和享受的美,而不是才过了几年,人们已经在说,哎哟,好难看哟!

谁会不想要这样的一盏灯呢?

阅读优秀

文学是很丰富的,各种各样。但是它又的确分成优秀和平庸。我们哪怕可以活上三百岁,有很充裕的时间,还是有理由只阅读优秀的,而拒绝平庸的。所以一代一代年长的人总是劝说年轻的人:"阅读经典!"这是他们的前人告诉他们的,他们也有了深切的体会,所以再来告诉他们的后代。

这是人类的生命关怀。

美国诗人惠特曼有一首诗:《有一个孩子向前走去》。诗里说:

有一个孩子每天向前走去,

> 他看见最初的东西,他就变成那东西,
>
> 那东西就变成了他的一部分……

如果是早开的紫丁香,那么它会变成这个孩子的一部分;如果是杂乱的野草,那么它也会变成这个孩子的一部分。

我们都想看见一个孩子一步步地走进经典里去,走进优秀。

优秀和经典的书,不是只有那些很久年代以前的才是,只是安徒生,只是托尔斯泰,只是鲁迅;当代也有不少。只不过是我们不知道,所以没有告诉你;你的父母不知道,所以没有告诉你;你的老师可能也不知道,所以也没有告诉你。我们都已经看见了这种"不知道"所造成的阅读的稀少了。我们很焦急,所以我们总是非常热心地对你们说,它们在哪里,是什么书名,在哪儿可以买到。我就好想为你们开一张大书单,可以供你们去寻找、得到。像英国作家斯蒂文生写的那个李利一样,每天快要天黑的时候,他就拿着提灯和梯子走过来,在每一家的门口,把街灯点亮。我们也想当一个点灯的人,让你们在光亮中可以看见,看见那一本本被奇特地写出来的书,夜晚梦见里面的故事,白天的时候也必然想起和流连。一个孩子一天天地向前走去,长大了,很有知识,很有技能,还善良和有诗意,语言斯文……

同样是长大,那会多么不一样!

自己的书

优秀的文学书,也有不同。有很多是写给成年人的,也有专门写给孩子和青少年的。专门为孩子和青少年写文学书,不是从古就有的,而是历史不长。可是已经写出来的足以称得上琳琅和灿烂了。它可以算作是这二三百年来我们的文学里最值得炫耀的事情之一,几乎任何一本统计世纪文学成就的大书里都不会忘记写上这一笔,而且写上一个个具体的灿烂书名。

它们是我们自己的书。合乎年纪,合乎趣味,快活地笑或是严肃地思考,都是立在敬重我们生命的角度,不假冒天真,也不故意深刻。

它们是长大的人一生忘记不了的书,长大以后,他们才知道,原来这样的书,这些书里的故事和美妙,在长大之后读的文学书里再难遇见,可是因为他们读过了,所以没有遗憾。他们会这样劝说:"读一读吧,要不会遗憾的。"

我们不要像安徒生写的那棵小枞树,老急着长大,老以为自己已经长大,不理睬照射它的那么温暖的太阳光和充分的新鲜空气,连飞翔过去的小鸟,和早晨与晚间飘过去的红云也一点儿都不感兴趣,老想着我长大了,我长大了。

"请你跟我们一道享受你的生活吧!"太阳光说。

"请你在自由中享受你新鲜的青春吧!"空气说。

"请你尽情地阅读属于你的年龄的文学书吧!"梅子涵说。

现在的这些"国际大奖小说"就是这样的书。

它们真是非常好,读完了,放进你自己的书架,你永远也不会抽离的。

很多年后,你当父亲、母亲了,你会对儿子、女儿说:"读一读它们,我的孩子!"

你还会当爷爷、奶奶、外公和外婆,你会对孙辈们说:"读一读它们吧,我都珍藏了一辈子了!"

一辈子的书。

鲍雷伊的日记选摘

6月6日

这天中午,妈妈准备起身去医院上班了,临走前她又重复了说过无数次的话:"雷伊,请把你的房间打扫一下,不可以这么乱。还有,别忘了你床底下的脏东西!"

我说:"妈妈你又在唠叨了,我正打算去培瑞家呢!"

妈妈过来亲了亲我的头发,说道:"你要先整理房间,然后才能去培瑞家。还有,如果没有唠叨的妈妈,那世界会变成什么样子呢?所有的事情都会乱套的。"

也许她说得对。我的确好久没有清理房间了,我把床底下所有的垃圾都拖了出来,有旧袜子、校报、已经散架的模型、几本书(天哪,还有一本是学校的书!)和别的一些东西。我找到了一个几年前的日记本,那还是我六年级

懵懂无知的时候记的呢。当时妈妈和爸爸刚刚离婚,她带着我一起搬到了海林镇。我刚转到新学校,那段日子可真不好过。

我坐在地上读着日记。读完之后,我还是坐在地上思考着,到底发生什么变化了呢?

爸爸现在还在开卡车,大部分时间在路上,所以他要么是不能及时赶回家照顾孩子,要么干脆把孩子给忘了。我很少见到他,但我也不像六年级时那么生他的气了。我不会再哭,但是他答应给我打电话却食言时我还是很伤心。无论什么时候,只要我看到大卡车总是特别兴奋,只是下来的司机不是爸爸。我多么希望——唉,不说了。

妈妈已经完成了护士职业课程并留在了医院工作。她的工作时间从下午三点到晚上十一点,因为这个班次的工资比白班高。上午她都在学习,她想成为一个注册护士,这样她就可以挣更多的钱。我们仍住在"庭院小屋"里,而它其实就是一个小棚屋。妈妈正在找公寓,可到现在也没能找到。

每两周我都会去凯蒂阿姨经营的餐饮店拖一次地,妈妈在拿到护士执照之前就是在这里工作的。凯蒂阿姨会给我很多好吃的东西。我喜欢自己赚零花钱,而且我还可以用凯蒂阿姨地板上的方格做一个我梦寐以求的棋盘。

妈妈曾经以为电视是宇宙中最大的恶魔。但因为我的学习成绩很好,她也就不再觉得电视会侵蚀我的大脑或者让我无所事事。起初我收看所有的电视节目,感到厌倦之后又重新切换到新闻或动物频道。后来我开始觉得塞伦盖蒂草原上的每一头狮子都应该有它的专属发型师。有时候某些新闻也会让我感到不安。比如我看到卡车事故的新闻,要么是卡车悬在大桥的边缘或者几吨西红柿滚落在高速公路上的时候,我几乎喘不过来气,直到我确认事故中的司机不是我爸爸。

我日记的另一部分让我感到很开心,那部分写的是我想成为像博德·汉修一样出名的作家。也许我会成为作家,也许不会。当我给他写信时,他告诉我要保持记日记的习惯,这让我感到很开心。

我担心自己将来能干什么,妈妈也是。爸爸可能太忙于在蔬菜腐烂之前把它及时送到,又或者他正在某个卡车休息站玩电子游戏,而无暇顾及我。

我喜欢写作。或许我会开始作文书的创作,但不是每天写,就像现在一样。

隔壁的加油站不再传来"砰砰"的响声,原来已经十点多钟了。妈妈十一点半回家,但我的房间还是一团糟。没关系,除了书和日记,我会把所有的东西都丢到垃圾桶里去。

噢,我突然想起来了,我把培瑞给忘了。

6月7日

　　今天我有几件重要的事情要记录下来！夏天的雾好浓，浓到整个世界似乎都在滴水。妈妈去上课了，我们的小屋看起来是那么冷清，于是我爬上山去找培瑞。我喜欢他家那座古老的大房子，它建在斜坡上，没有雾气时，可以眺望整个海湾。房间里的一切看起来都是那么的古朴而又舒适，不时飘来阵阵美食的香味。培瑞的继母——布林克霍夫太太很胖，但是她又不像妈妈的朋友们那样对体重患得患失。

　　培瑞的家里到处都有小猫咪，笼子里还养着仓鼠，小妹妹们满屋跑着。有一次我在沙发下发现了一只乌龟，后来却再也没有见到了。有时候他奶奶会在那儿，用漂亮又柔软的纱线织出各种奇怪图案的毛衣。培瑞说奶奶会把这些毛衣以高价卖给一家精品店。看着老奶奶的毛衣针

上下翻飞,我渐渐地入迷了。

布林克霍夫一家除了爸爸妈妈还有培瑞以及五个妹妹。两个女孩是培瑞母亲生的,另外两个是继母带来的。最小的妹妹是父亲和继母婚后生的,她最喜欢在角落里爬来爬去,玩捉迷藏。有时候女孩子们还会更多,因为她们的朋友会过来一起玩,她们都爱穿着布林克霍夫太太放在大盒子里的旧衣服。

这天早上,所有的姑娘们都围成一圈跪坐在厨房的椅子上,用爆米花机爆着爆米花。她们把爆好的爆米花倒在碗里,我和培瑞过来想拿一些吃。

姑娘们把我们的手打到一边,其中一个姑娘说:"不能吃!这个要用来吸水的!"

我们愣住了,谁听说过吸水爆米花?

姑娘们正忙着把做好的爆米花依次倒入一碗水里,看着爆米花缩到水里。我觉得,除了小仓鼠,恐怕没人会愿意吃这爆米花。

"这简直就是在胡闹!"培瑞对姑娘们说。

"不!"最大的姑娘站出来说。我记得她应该叫贝琪。"我们正在做一个科学实验,证明爆米花有记忆!把它放入水里,它会记起原本小小的硬硬的样子,而不见现在又大又蓬松的状态。"

我和培瑞大吃特吃爆米花。"你们在伤害爆米花!"其中的一个姑娘说。这不禁让我有些好奇:当我咀嚼爆米花的时候,它们会记得什么呢。

培瑞和我跑到他的小房间里,开始拼那辆老爷车模型。当我们把胶水涂在一个小部件上却又不能马上判断出该把这个小零件放在哪儿的时候,零件上的塑料便融化了,以至于放哪儿都不合适了。这种情况发生了好多次。于是我只好把胶水涂在引擎盖上。可擦掉胶水也把光泽给擦掉了。还好,我对这些感觉无所谓啦。

我与培瑞四目相对,此时此刻我能感觉到我们达成了一种共识:这个模型已经被我们给玩坏了。二话不说,我们把汽车模型的部件全扔到了垃圾桶里,然后回到厨房,拿了好多爆米花吃。

要写到妈妈的车这一部分了,可是现在已经夜深,我应该上床睡觉了。关于今天的更多精彩内容,明天再写吧。

6月8日

　　继续昨天的内容。有很多地方是妈妈们不允许我们涉足的,比如冷库和游戏厅,我们只好漫无目的地跑到海滩去。海滩那边也只是一个打发时间的地方。潮湿的空气让我们浑身起鸡皮疙瘩。雾水从桉树上滴落下来,闻起来像老公猫身上的味道。

　　海滩上阴暗又寒冷,附近唯一的人是一个我们称之为"总统先生"的怪老头儿,他总是说如果他当总统,一定会给这个国家带来很多改变。他在公园和海滩上巡逻,拖着两个粗麻袋,其中一个装碎玻璃和酒瓶子,另一个装易拉罐,这样孩子们就不会割伤小脚丫了。有些人认为他很古怪,因为他住在一辆破旧的面包车里,但我们不会这么认为,反而有时候会帮助他。

　　在通往海滩的台阶口,就在防波堤边,一只棕色小狗,身上长着白点,头顶有块白斑,作为一只中型犬,它看起来壮了些,这会儿它正卧在柔软的沙子上。这只狗看起来有点儿忧伤,不停地呜咽着。

"嗨,狗狗!"我想起了之前养的狗狗"土匪"以及在父母离婚之前的那些快乐往事。他们离婚后我跟着妈妈,而"土匪"跟了爸爸。

"总统先生"在沙子上拖着他的粗麻袋走了过来。"这只狗从昨天起就一直坐在这里,"他说,"没有项圈,也没有狗证,什么都没有,只是在这儿悲伤地坐着。"

"到这儿来,小伙子。"我拍着膝盖对着狗狗说。

狗狗不为所动。我轻轻抓挠着它的胸口,正像"土匪"喜欢的那样。狗狗把耳朵向后伸,抬头看着我,我发现这是一副有史以来我见过的最伤心的表情。如果狗会哭,这只狗一定泣不成声了。

"来吧,狗狗!"培瑞说道。这只狗摇起了它的断尾。这并不是开心的信号,而是表示不安。如果它还有尾巴的话,那一定是夹在双腿之间的。

"好像是有人让它待在这里的,所以它就这么在这儿待着。""总统先生"说道,"如果它再继续坐下去的话,流

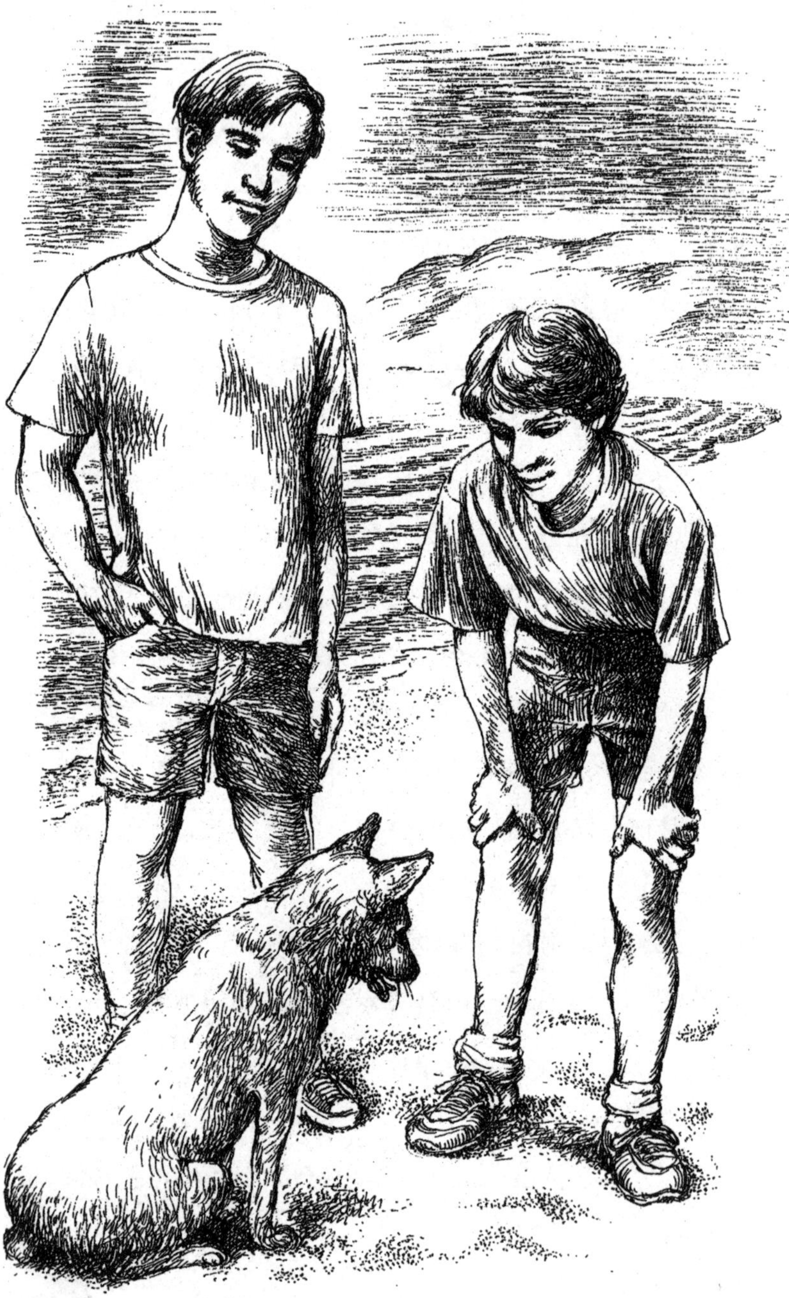

浪狗监狱的人将会过来把它拖到监狱里去。"

"跟我来,小伙子!"我引诱道。然而,狗狗依然纹丝不动。"如果我是总统,我会绞死所有丢弃动物的人。""总统先生"一边说一边回去把一个个丢弃在沙滩上的啤酒瓶捡起来。

培瑞和我用力踩着沙子走开了,我们俩都希望狗狗能跟过来,可它没有。我怎么也忘不掉那只狗脸上的表情。我知道那是一种被遗弃的感觉,如果爸爸和"土匪"顺路看我并丢下我开车而去,我也会有同样的表情。

当我们走到海水边的时候,培瑞说:"还记得爸爸带我们去看的那部电影吗?在海边那些穿着运动服的人迎着浪花奔跑的那部。"

我立即会意。我们脱下鞋袜,在海滩奔跑着,踏着没脚的海浪,海水快把我们的脚趾冻掉了。我们一边跑着,一边回想起电影里的配乐。

我们开始喘气,脑子里想着那只一直在等待的狗狗——它等的那个人一直未出现,也许永远也不会出现。这就是人类势利的那一面吧。

突然那只狗狗跑过来,开始跟着我们。我们加快速

度,它也跟着一起加速。

"好孩子,飞龙。"我说,不再想象电影的情节。我猜我叫它飞龙是因为有个俱乐部叫海湾飞龙,而飞龙这个名字对于一只酷爱奔跑的狗狗来说再合适不过了。

我们回到放鞋袜的地方,飞龙甩甩毛后偷偷地独自走开了,垂头丧气地回到了之前我们第一次看到它的那个防波堤边。它看起来既内疚又痛苦。

"可怜的老飞龙,"培瑞说道,"它看起来心事重重。"培瑞会叫这只狗飞龙我并不感到意外。我们经常心有灵犀。

"我们把它带回家吧!"我一边说一边擦掉脚趾和袜子里的沙子,"动物管理局的人带走它之前可能我们可以找到它的主人。"

等我们把满是沙子的脚塞进湿透的袜子和鞋子里,我们对着飞龙吹着口哨,引诱着它,然而飞龙却纹丝不动。它看起来又忧虑又困惑,就好像它想跟我们走但又知道不能这么做。飞龙不会说话,但是它能表达感情。

太阳出来了,冲浪者们也来了,他们在汽车旁边使劲把自己塞进湿衣服里。我们问他们认不认识这只狗,但是没人认识。

我们放弃了,走回离海滩更近一点儿的小棚屋。穿着又湿又有沙子的袜子的感觉真不好受。

哎哟,妈妈来了,我要装睡了。我并不打算写小说,明天会有更多故事。

6月9日

自打我开始写日记,我发现晚上不那么孤独了,每当我开始忙起来的时候,就会忘记周围各种稀奇古怪的噪声了。

继续昨天的故事,我和培瑞从海滩回到家后妈妈还没下课回家。我们坐在厕所地板上用莲蓬头冲洗掉脚趾上的沙子。整个过程我们一直沉默着。

"我肯定飞龙饿了。"最终培瑞开口了。

"而且渴了。"我接着说道。

我们带着两个热狗(对不住了,妈妈)、一瓶水和一只碗,快速跑回沙滩上,好像我们没及时赶到飞龙就要被拖进毒气室里一样。

狗狗还在那儿!它大口地喝着水,狼吞虎咽地吃着热狗,然后像看救命恩人一样看着我们。也许它之前所经历的一切，是我们难以想象的。

培瑞和我试图让飞龙跟着我们。我们没有摸它，只是哄着它。我们看得出它在纠结。飞龙跟在我们后面走了几步，又走了几步，终于它下定决心跟着我们了。

"总统先生"拖着他的粗麻布袋走了过来，"冷酷世界的温暖行为。"他如是说。

"我们该拿它怎么办呢？"在回家的路上，培瑞问我。

于是，我又加上了一句："至少在打电话给动物保护协会确认是否有人寻找飞龙之前，我们要收留它。"我还记起了妈妈说过的话："雷伊，要永远做该做的事。"

"把它留在海滩然后丢下它的人不会向动物保护协会打电话的。"培瑞说，但他承认我是对的。

根据我们的描述，动物保护协会的女士说没人问过飞龙的情况，并问我们是否想要收留它？为防万一有人找，她记下了我们的电话号码。有人来找的希望不大，这点让我们很开心。

飞龙围着小棚屋闻了一圈，然后在旧商品店的地毯上趴下睡着了，好像一个礼拜没有合过眼似的。培瑞和我坐在躺椅上注视着它。妈妈会让我养着飞龙，直到开学。

但我知道我们都不在家的时候是不可能再养它的。除此之外,还要考虑我们的女房东斯梅林太太。妈妈说我不能说她是老蝙蝠,尽管我觉得她就是。当我们搬进去的时候,她好像说过不许养宠物。幸运的是她没有说不能养小孩儿。

"如果没人要它,谁养它?"培瑞的问题一直在困扰我。

我真的很想要那只狗。我需要它。

"你妈妈和爸爸会让你养狗吗?"我问培瑞,希望他说不是。

培瑞耸耸肩说:"我们家到处跑的已经够多,就差狗了。"

飞龙在睡梦中一阵抽搐。我从沙发上滑下来,轻轻拍着它。我并不在意它会朝我乱叫,咬我,咬坏拖鞋,或者到处追猫咪,我就这么莫名其妙地喜欢上它,收养了它。

"嘿!"培瑞突然叫了起来,惊醒了飞龙。它睁开眼睛,抬起了头。

"没事,孩子!"我说道。它放松了下来。

"我们可以一起养它,"培瑞说道,"你晚上养它,我们白天一起养。开学以后我们可以把它放在屋里,因为我们家有个带栅栏的院子。放学后,它就属于我们俩。"

"我们可以分摊养狗的费用!"我有点儿激动地说,"但要是你去洛杉矶看你生母怎么办?"

培瑞做了个鬼脸,因为他喜欢和他父亲以及布林克霍夫太太一起生活,而不是去看望他的生母。他说:"那整个月它都属于你。但是你不在的时候可以继续把它养在院子里,我们不在乎。"

妈妈来了,今天是我唯一不想假装睡觉的一晚。

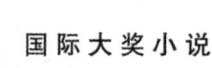

6月10日

妈妈推开了门,看到飞龙。我屏住呼吸。飞龙抬起头,摇了摇它的短尾巴。

"呀,看看谁来了?"妈妈看起来很疲惫,但是脸上闪过了一丝微笑,"哦,昆士兰的澳大利亚牧牛犬啊,身上流淌着澳洲野犬和牧羊犬的血液。我小的时候经常看到它们保护家畜。它们是很好的牧羊犬。"

问题在于我们并没有大牧场,也没有一大群家畜需要它来保护。我告诉妈妈它叫飞龙。我说:"培瑞和我一起抚养它。"然后,向妈妈解释了所发生的一切和我们接下来的计划。

妈妈笑了,我知道她在想什么。"雷伊,"她郑重其事地说,"没有一个公寓会允许我们收留只有部分抚养权的狗,而且澳大利亚牧牛犬非常强壮、好动。我们该怎么办?

是找到一个更好的住所,还是仍然待在这里呢?"

这是个难题。和世上其他的东西比,我更想拥有半个飞龙(因为我不能全部拥有它)。但是老让妈妈睡客厅的沙发对她来说也不公平。另外,目前我们能付得起的公寓都不想租给像妈妈这样,带着一个我这样年纪男孩的人。每次妈妈申请的时候,他们总说会再联系,可他们从未再打来电话。公寓的经理好像都觉得所有的男孩都会在墙上涂鸦,抽大麻,或者组建乐队。最后,我告诉妈妈说:"那我睡沙发。"

"哦!我已经习惯睡沙发了。"妈妈说,"我回来晚也不会吵醒你。我上夜班时也需要一个伴儿。嗯,只要你和培瑞商量好了而且斯梅林太太也不反对的话,你就可以养它。"

"妈妈!"我恐惧地喊了出来,"你不会让我去问斯梅林太太吧?!"

妈妈说:"我们先静观其变。雷伊,你要记住,你要一直拴着它。像飞龙这种速度快又强壮的狗很容易把人撞倒。"

我发誓,在大街上,飞龙的链子绝对不会离开我们的

手。

我的妈妈真的很伟大。我现在唯一担心的就是房东太太。哦,天哪,斯梅林太太这些年一直对我很客气,也许不会反对我养一只只有一半抚养权的狗吧。

不过,她很可能以飞龙为借口涨房租——如果她愿意让狗留下来的话。

6月11日

　　培瑞的父母得知我们要共同抚养飞龙后说了同样的话。"只要你们俩商量好了就可以。"为什么大人们总是认为孩子们自己不能解决问题呢？我在想，爸爸如果知道了会不会也说同样的话。他已经好久没来看我了。

　　培瑞那儿还留有拴狗的项圈。我们共同分担了为飞龙办证和拍照的费用。（我可是拖了好久的地才赚来的。）兽医说飞龙已经三岁了，而且身体很棒。我们决定，只要是在我们的小棚屋附近，就让培瑞牵着它，这样斯梅林太太就会认为培瑞才是它的主人。

　　关于我们的狗狗，我了解了一件事情。我们绝对不能命令它坐下或者"待在这儿"。如果我们这样做了的话，它真的会崩溃。它趴在地上，朝我们爬了过来，呜咽着，好像在说："求求你们不要给我下这样的命令。"除了这一点，

它是个训练有素的好狗狗。我在想,飞龙以前的主人放弃它时到底是怎么想的?肯定有某些原因他不能养了,而且希望有人会收留它。

6月16日

整整一周,我和培瑞带着飞龙玩得非常开心。我们先带它遛弯儿。"跟着!"我命令它,看它是否服从。它做到了,但它开始咬我们的脚后跟,要我们走得更快点儿。我们只好慢跑,它又开始咬我们的脚后跟,我们就开始快跑了。我们沿着海景大道奔跑,粉紫色的花几乎覆盖了整个大地,鲜亮得刺眼。海浪在下面拍打着岩石,飞龙拉着我,手臂都快要被它拉脱臼了。

最后我们在人们洗脚上沙子的水龙头旁气喘吁吁地停下来。"也许飞龙把我们想象成一群家畜。"培瑞开口说话了。而飞龙侧着头从水龙头底下衔出一瓶水来。

"总统先生"开着他的面包车沿着大道过来了。他把车子停在我们身边,然后朝我们大喊:"你们把这只狗从残羹冷炙和邪恶寒风的世界中解救出来,可没告诉动物

管理会的人啊。"

"我们有共同抚养权!"我朝他喊道。

"希望你们能幸运地达成一致!""总统先生"喊着,把车开走了。

"我猜这是'只要你们解决好了'的另一种表达。"培瑞说。

我们跑回小棚屋,发现斯梅林太太正坐在楼梯前的

台阶上,喝着罐装啤酒。培瑞迅速地从我手中拿过拴飞龙的皮带,充满建设性地说道:"如果你问她你能否养狗,她会说不行。说'不'字很容易的。你要相当自信地表现出那只狗不会出什么乱子,以防她问你问题。"

　　靠近斯梅林太太的时候,我紧张地说:"您好,斯梅林太太。"飞龙抬起它的后腿以标明它的领地。培瑞抓住飞龙的项圈就好似狗狗是他一个人的,百分百属于他个人。

这事做得很聪明,但是我内心却有一种莫名的不舒服。

斯梅林太太喝了一大口啤酒,说:"你好啊,雷伊。我看你有好几个小伙伴啊。"

"是的,斯梅林太太。"我们说着从她身边走过。

房东太太这么好说话是很难得的。至少她对于飞龙在她的灌木丛里撒尿没说什么,因为她从不修剪也从不浇灌那个灌木丛。然而,在这个月初,"邦妮!"妈妈刚打开门,她就说,"你们租期到了!"这语气好像我们付不起房租一样。这个吸血鬼!我们的房租已经很高了,但她可能跟妈妈年初预料的一样会再涨房租。

在房间里,我和培瑞慢慢地趴在沙发上。我们热得浑身冒汗,但却感觉很好。能拥有一只善于奔跑的小狗,我心里特开心,虽然只是一部分。

飞龙走到它的水盆旁开始啜水,然后四脚朝天地躺下来,这意味着它信任我们,我们轻轻地挠着它的肚子。被一只狗,尤其是一只已经有很多理由不信任人类的狗狗所信任,这感觉真棒。

6月22日

　　时间过得可真快啊！我和培瑞现在每天早上都要带着飞龙遛弯儿。早晨,我有时要去帮凯蒂阿姨拖地,培瑞就牵着飞龙等着我。凯蒂阿姨说我们共同抚养飞龙行得通的话,这将是一个非常有趣的管理模式,她还举出了她准备晚会的例子。而飞龙则享受着美味的鸡肝。

　　有一天我们跑完步,我正在看书,培瑞假装在产品目录中订购昂贵的露营用具,他看到了一个叫作"狗狗姿势矫正盘"的东西。这个产品目录里解释了狗狗骨骼矫正的重要性,并附了一张图展示了狗要站着吃,狗粮就放在台子上的狗盘里,这样狗狗就不用弯腰了。

　　我和培瑞觉得这很逗。"飞龙,老家伙,你的骨骼对齐了吗?"我问道。飞龙有着笔直、强壮的后背,看上去兴致勃勃。

国际大奖小说

"你知道,这个主意不错。"培瑞说,"走,到我家去,用我爸废弃的木桩给它做一个'姿势矫正盘'。"我们给飞龙的项圈系上皮带,一起跑上小山。在山上,我们又是锯又是砍,弄了几根木头,可以做放狗盘的小台子。我用力把木桩拉下山,飞龙现在似乎可以满意了,因为它可以站起来吃饭,这样就能矫正脊椎了。

一天,我正在看书,培瑞在研究产品目录,飞龙看起来很无聊,就在小棚屋徘徊着。

"它不会看书真是太可惜了。"培瑞注意到。

"对啊,"我赞同,"我们一起教它看书吧。"

培瑞有点儿犹豫。我解释说,如果飞龙可以认识那些它不喜欢听到的字,也许在我们告诉它"坐下"或"不要动"的时候就不会那么沮丧了。我把"坐下"打印在一张纸上,另一张纸上写着"不要动",接着就开始教了。我们举起"坐下",然后就拉着它的后腿让它坐下。这个花了好大会儿的工夫,但飞龙最后还是学会了。"不要动"要更难一点儿,培瑞举起卡片,我走进厨房,飞龙立马跟着我,因为这是我给它喂食的地方。我让它退回去。我们一直反复地做这件事做了好几天,最后飞龙是认识了还是终于妥协了,我也不太清楚。现在无论何时带飞龙出去,我都会把这两张写着神奇的单词的卡片放在裤兜里,这样方便随时拿出来复习。

　　妈妈认为教小狗识字是一件很有趣的事。也许是吧,因为我和培瑞真的很开心。或许某天我可以开设一所学校,专门教狗识字(开玩笑的)。很遗憾汉修先生在写《狗儿快乐秘诀》一书时没有想到这个。这是我以前最喜欢的书。

6月30日

明天培瑞就要和他的两个妹妹飞往洛杉矶,去看望他们的生母和继父。他要在那儿待上整整一个月,因此他邀请我去参加他们的送别宴。

布林克霍夫先生从事的行业是重大工程——修建高速之类的项目。他回到家时说道:"很高兴见到你,雷伊!你瞧,我们身边这么多女性,我们男同胞们可要团结一致啊。"这让我感觉很不错。他甚至还把飞龙也请进屋,这(可不是女孩子的猫咪哟)让我更开心了。我向妹妹们展示了飞龙是如何看得懂字的。她们被飞龙的聪明深深震撼了,并在一张纸上打印了"翻滚"两个字,但是飞龙无视了她们。最大的姑娘说飞龙有阅读障碍。

布林克霍夫家里我最喜欢的地方就是意面墙。关于如何判断意面是否煮熟,全家人会在厨房里轮流往墙上扔意面,如果意面黏住了,那就说明熟了;如果滑到地上了,那就说明还需要再煮一会儿。当黏在墙上的意面足够多的时候,他们就在上面喷漆并重新开始。这堵墙让我想起了我曾经在图书馆里看到过的一本关于现代艺术的书。

布林克霍夫一家邀请我也一起加入他们,轮流扔面条。我扔的面条黏住了!我知道这种行为很傻,但是我的意面黏在墙上让我感觉很棒,就好像我做了一件了不起的事情似的。可能那就是我的未来——为那些给超市提供冷冻意大利面的工厂去扔意面。

我们围坐在餐桌边吃意面、肉丸还有一大碗蔬菜沙拉,里面有牛油果、芝士和腊肠。最小的姑娘坐在一个高脚椅子上,用手抓食物,吃得脸上头发上到处都是番茄酱。布林克霍夫太太对这些事情毫不在意。我希望我妈妈有时候能像布林克霍夫太太一些,不要所有时候都像,只要偶尔像她那样就可以了。

女孩儿们说着乏味的笑话并放声大笑,我和培瑞用眼神交换了彼此内心的想法:我们长大了,这些笑话在我们看来太幼稚了。布林克霍夫先生给了飞龙一个肉丸,它

立刻狼吞虎咽下去。很高兴我也能塞一个肉丸给飞龙,因为妈妈在家的时候不允许我在饭桌上喂它。

临走前我感到依依不舍。"再见了,培瑞。"我一边说一边轻轻扯着飞龙的皮带。走到室外,站在栅栏边上,我说:"在洛杉矶玩得开心。"

"嗯。"培瑞语气里充满着阴郁,"再见,祝你好运。别让斯梅林太太发现飞龙哟。"培瑞抚摸着飞龙的耳朵,不想与它分开。

我想飞龙这个月该彻底属于我了,不再是联合抚养。抚养权完全属于我一个人。

7月8日

飞龙整整一周都属于我！我为它刷毛,和它玩摔跤。为了躲避斯梅林太太,我们去跑步。每次看到"总统先生",我总是向他招手,并想起我和培瑞发现被遗弃的飞龙的那天。我们每天都会多跑一点点。我们沿着海边跑,在这边可以解开飞龙的拴带,还能听到海狮的叫声。很少吠叫的飞龙,却喜欢朝海狮叫。

在雾蒙蒙的早晨,我们必须计算好时间,为的是避开猛烈的雾号的声音。为了避免一连串的雾号声,我们必须算好待在海边的时间。有一次正赶上雾号,差点儿把我们震倒。我感到雾号像波浪一样推向我,飞龙则以最快的速度逃走。我以为它再也不会回来了,但是后来发现它躲在一块石头后面。它一定记得这个,因为之后它经过那个大喇叭的时候它总是加快速度,即使有太阳的时候,它也还

是如此。

一天，跑完步后刚歇下来，我发现了一个完好的高尔夫球。我拨开冲上海滩的水藻，又发现了一个。之后，我每天都会捡到一两个高尔夫球，洗干净放到装鸡蛋的盒子里，然后卖给一家球具专卖店。我又有一个收入来源了。

飞龙也似乎看懂了，开始和我一起找高尔夫球。它甚至跳过高尔夫球场的水障碍区去捡球。每当它发现一个球，它就会用嘴衔过来，把球放在我的脚边。接着它抬头看着我，摇摇尾巴，急切地想得到我的表扬。我会抱抱它，它就会用满是口水的舌头舔我的脸。

有一天发生了一件对我来说有趣的事情。我们跑步时路过一个高尔夫球场，飞龙正好看到球场球道上有个高尔夫球。它立马狂奔过去，衔起球就跑，然后放在我的脚边。四个打高尔夫球的人开着两辆球车朝我们大喊，向我们挥动他们俱乐部的名字，开始追赶我们。我把球扔回球道，和飞龙一溜烟地跑走了。

跑到安全地带，我停了下来，开始大笑，因为整个过程像电视剧一样。每次我大笑的时候飞龙总是很开心。有时候我觉得飞龙才是我最好的朋友，而不是培瑞。再见到培瑞我会很高兴,但也会很难过——唉,我不能什么都想要。就如人们所言,拥有半只狗总比没有的好。

飞龙有了新的习惯。无论何时停下,它都会把它的爪子放在我的脚边。我觉得它不想离开我。

7月9日

今天我带着飞龙出去,雾气已经渐渐散去。我坐在海滩上享受舒服的阳光,飞龙把它的头靠在我的脚边。这天的清晨真的很平静,我闭上眼睛静静地坐着,聆听着海鸥在海面滑行的声音,听着海浪拍打岩石时的低语,听着蜜蜂在花朵上采蜜的嗡嗡声,还有慢跑的人们踩在沙滩上的沙沙声。我不知道我在想什么——妈妈在努力学习,爸爸穿着工作服在弄一大堆胡萝卜,培瑞被禁锢在洛杉矶的一个公寓里?我真的不清楚。

飞龙醒来后我们又跑了一会儿。我看到"总统先生"在捡垃圾,飞龙在那片海滩上不想停留。我们跑过我9月份即将入学的中学。学校的操场看起来是个跑步的好地方,但是有标识写着"狗不得进入操场和跑道"。到目前为止,我和飞龙都成功地躲过了斯梅林太太。

7月10日

我的话说得太早了。今天我和飞龙跑回家的时候,斯梅林太太穿着旧浴袍,正从后门走出来,手里拿着一把扫帚。奇怪的是,她很少打扫楼梯的。她在监视我们吗?我们不得不停了下来。斯梅林太太看着飞龙在圈占它的领地。它经常这么做,也许它觉得它拥有这个地方。

"这是谁家的狗?"她问道。我向她解释了共同抚养权,她说:"我明白了。"但看起来她不明白。

我补充道:"培瑞这个月去他生母那儿了,因为他也有共同抚养权。我是说,对飞龙的共同抚养权。"

斯梅林太太一脸困惑。

"它是只好狗,"我说,"因为它有一半澳洲牧牛犬的血统。澳洲牧牛犬很少会叫。有的时候它身上的牧羊犬血统会让它吠几声,但是并不多。"我感觉自己好蠢。老师说

过,血统又不会叫,狗才会吠。

飞龙坐下来,爪子放在我的脚上,耳朵竖起来,表现出一副听话的样子。而我站在一边,努力地让自己看起来很负责任,同时在想如果把飞龙描述成一只能吠的看门狗会不会更好一点儿。"我会尽量让它待在外面。"这是我想到能说的所有的话。

"我已经注意到了。"斯梅林太太说着便继续扫后面的楼梯。

原来她一直监视着我们,那我们现在处在什么位置呢?如果飞龙逮住一个小偷或者做了什么勇敢的事情,可能会有点儿帮助吧。

7月13日

今天,邮递员送来了培瑞寄来的明信片,印着迪士尼乐园的照片,上面还有培瑞的留言:"我在这边除了看电视,看护小妹妹不要掉进游泳池之外,几乎无事可做。飞龙还好吗?它有没有想我啊?"

我想恐怕没有吧。也许飞龙已经把培瑞忘记了。

7月18日

今天有件大事——爸爸来了，而且是活生生地出现在我的面前！我和飞龙午后跑步回来，看到爸爸坐在他的卡车上等我。他一看到我，就从卡车上跳下来抱住我。他的肚子没有以前那么硬实了。"土匪"看着我。我发现虽然爸爸看起来很邋遢，以前光亮的卡车也脏兮兮的，但"土匪"的脖子上却系着干净的红色印花方巾。爸爸向来擅长这个。

爸爸打量着我。"你疯了……"他刚开口又换了口气，"你像颗种子一样在茁壮成长。"他没有说"疯长"也许因为听起来像是嗑药，他和妈妈一样害怕毒品。

接着，他说："如果你想踢足球的话，就得长点儿肌肉。"

我并没期望踢足球。我甚至不想踢足球，即使我爸爸曾是中学里的足球明星。

我一定是皱眉了,因为爸爸看看飞龙便问:"这是谁?"

我一边解释,一边看到"土匪"从爸爸的车里跳了下来。我之前的这只狗看起来又老又胖。飞龙的毛立了起来。这两只狗彼此很不友好,但也没有向对方咆哮。"土匪"四处嗅嗅,竖起耳朵,摇着尾巴,撒了泡尿,爸爸吹声口哨,"土匪"就跳上了车,仅此而已。我在想"土匪"是否还记得我,又或许飞龙已经忘记培瑞了。

我和爸爸,还有小跑的飞龙,进了小棚屋。我们不知道该说些什么,就一起坐着看一档愚蠢的电视节目。妈妈进来的时候,我们正好在看一男一女因为赢取了一台洗碗机和一个行李箱而激动得大叫,还拥抱了节目主持人。我觉得很尴尬,立马关掉了电视。

爸爸站起来亲了下妈妈,只是一个朋友式的吻,而不是那种亲吻。至少他们现在在一起没有打架。培瑞的爸爸和亲生妈妈在电话里都在吵架,这让他很不开心。

爸爸说:"我在这附近办事,所以想亲自把抚养费送过来。"

"谢谢你,比尔。"妈妈收了支票,但没告诉爸爸为了我的大学学费,她要尽量把钱存在银行,因为爸爸的抚养费只付到我18岁的时候。

"我带你们俩出去吃饭怎么样?"爸爸问。在妈妈去医院之前,我们一起吃了午餐。我和爸爸点了墨西哥卷,妈妈要了一份玉米沙拉。

看上去我们像真的一家人似的,至少我们曾经是。我开始担心起来了,在海林市没有庄稼,爸爸的卡车没有货怎么办?没有货物就意味着没有钱。我没有问爸爸,因为我不想破坏一家人在一起的感觉。

之后,爸爸开车走了,我有点儿失落。想到那辆空空的卡车就像一只断了尾巴的蜥蜴,可以走得很快,但就是少了点儿什么。

7月20日

妈妈说我今天必须要把衣服送到洗衣店去洗,这种事总是让我抓狂。但这次因为爸爸的到访让我感觉很好,所以我没有抱怨。到了洗衣店,我把飞龙拉到一个灯柱底下,举起"不许动"的卡片。为了不让飞龙有被抛弃的感觉,我把衣服放进靠窗边的洗衣机里,并选择了快速洗涤。

干完活儿后,我去隔壁的旧货店想淘一本小平装书,以便能放进我的裤子口袋,我和飞龙休息的时候就可以看。我正付钱买威廉·萨洛扬的《人间喜剧》时,看到挂在一排衣服里的一件衬衫,全新的,很不错,这件衬衫充满想象力,似乎朝我喊:"买我吧,把我带走吧。"可是我觉得那不是我的风格。穿着这种狂野的衬衫,所有人都会笑话我的。

国际大奖小说

回到洗衣店,我以最快的速度把洗衣机里的衣服放进烘干机。在外面,我坐在路边,脚悬在排水沟边,翻开《人间喜剧》,开始读起了一个小男孩的故事。

难道你没看见?一个披着一头红色波浪头发的女孩骑着单车过来了。我在学校见过她——杰西卡,或者詹妮弗或者一个以"J"开头的名字——因为没有人会不注意这个有如此漂亮头发的女孩。她在我面前停下来,说:"鲍雷伊,你的脚放在排水沟上干什么?"

"看书。"除了这个,我不知道还要说什么。

"我想也是的。"她说着,蹬起自行车走了,她那长长的头发在风中飞扬。

我呆坐了一分钟,感觉自己很蠢。突然,我又感觉自己很棒。爸爸过来看我们,我在长大,一个女孩知道我的名字。感觉如此美妙,我立即跑到旧货店买下了那件衬衫。

"身材好的时候穿上它很好看!"旧货店的老板娘在我身后说着。

我一到家就换上新的衬衫,在浴室里照了照镜子(家里唯一的一面镜子)。这件衣服穿在我身上和我想象得一样好看。衣服左边是蓝颜色的,上面有红色的波点;左袖是粉红色的,但波点是蓝色的。衣服的右边是紫色的,上面有蓝色的条纹;右袖是蓝色的,还有粉红色的波点。我扭过身来看看后面。背后一边是紫色和蓝色相间的条纹,另一边是绿色和蓝色竖条纹。领口和袖口是纯紫色的。最重要的是,它是我自己选的,而且是用我自己挣的钱买的。我感觉很棒,就像我的衬衫一样那么好。

听见妈妈进来的声音,我冲出浴室,"妈妈,喜欢吗?"

我问道,"我为了上学买的。"

"呃,这需要花点儿时间适应一下。但是我很高兴你有勇气穿上它。"我很奇怪为什么妈妈看起来那么开心。

于是我开始思考了。妈妈之所以那样是因为我此前从未穿过这样的衣服,因为我是新来的学生,要拖地,还要忍受父母离婚的痛苦,还要让自己看起来不那么显眼。

我把衬衫挂在衣橱里,留着上学穿。然后套上了一件旧T恤,带着飞龙出去跑步。我的步伐欢快轻盈,飞快地掠过海滩旁的小路。一件很棒的衬衫,还有一个知道我名字的女孩。假如用从1到10的标准打个分,我为今天打10分。

7月30日

昨天布林克霍夫先生邀请我和飞龙一起去机场接培瑞。因为狗不被允许进机场，我们不得不在外面等。飞机降落后，培瑞看到了他爸爸，便甩开妹妹的手，紧紧地抱住了布林克霍夫先生，好像再也不愿意和他分开。他爸爸也用力地抱住了他。拥抱后四目相对，培瑞眼泪汪汪地注视着他爸爸，努力不让泪水流下来，"爸爸，回来真好。"

我的眼睛也湿润了，我和爸爸拥抱的时候，从来没有这样过。

培瑞咧着嘴笑着说："嗨，雷伊！"

他努力掩饰着他的情感，对着狗狗问候道："你好啊，飞龙，我的老男孩。我们的狗狗最近怎么样？"

飞龙摇了摇尾巴，坐下后下巴朝上，耳朵朝后，说明它希望有人拍拍它的脑袋。

我紧张地看着飞龙是否会把它的爪子放在培瑞的脚上。可它把四只脚都放在了人行道上。

哦耶!

8月10日

培瑞已经回来了,夏天就过得更快了。我们和飞龙一起跑的时候,培瑞喘着粗气。在被我的,不,我们的狗训练几个月后,我跑起来很轻松。

我把新衬衫拿给培瑞看。他笑倒在沙发里,说:"你是说你要穿这件衣服去上学?"

"当然。"我说,"你是在嫉妒。"

"我?嫉妒?"培瑞笑得更厉害了。我开始打他,于是我们扭打在一起。这让飞龙很不安,于是我们停了下来,我们不知道它会守卫我们之中的哪一个,但我确信它会保护我。我是说我相信。

我希望我能忘记培瑞的话:"我?嫉妒?"

8月19日

昨天晚上爸爸从贝克镇打来电话说今天他会经过这里，问我是否可以在公交车站和他见上一面，然后和他一起开车把大蒜送到吉尔罗伊市的脱水厂里。当然去！

今天我很早就起来了，飞快地拖好凯蒂阿姨餐厅的地板，陪着飞龙锻炼了一会儿，洗了个澡，然后把飞龙放在培瑞的院子里，赶上了去萨利纳斯的大巴车。我刚到那儿没几分钟，爸爸过来把东西装进卡车里。平台拖车上面堆积着两层高的木箱子，里面装满了大蒜，箱子都用绳子捆绑着。

我爬上车坐在爸爸身边。他问我："最近好吗，雷伊？""土匪"从它的座位上抬起头看了看我，又倒头睡了。

我告诉爸爸我很好，然后伴随着大蒜味，我们驶向前方。一个空的塑料杯在驾驶室的地板上滚来滚去。

101号公路上的交通很拥挤。一些卡车装满了西红柿或者葡萄。而且因为暑假快要结束了，还有带着孩子的游客急着赶回家。

驾驶室里，观赏圣克拉拉峡谷的视角很不错。我们路过百亩西红柿地、菜花地、菠菜地、丰收的果园，还有美丽的花圃。那些花很美，应该是叫百日菊吧，还有一些金盏花。我问爸爸那些种植园是不是从斯坦贝克（美国作家）故事中那个种了香豌豆的人那里获得了灵感，或许是正好相反，约翰·斯坦贝克就是从这样的田野里得到了他故事的素材。爸爸说这些他不知道，但他知道养花是为了收集种子，卖个好价钱。

因为有脱水厂的缘故，在你来到吉尔罗伊小镇之前就能闻到它的气味。有一次，和爸爸一起开车来这里，整个小镇闻起来像油炸洋葱，让我特别想吃汉堡。今天给大蒜脱水，吉尔罗伊闻起来像是斯梅林太太做意大利面的厨房的味道。

我们在脱水厂附近停了下来，空气中弥漫着浓重的大蒜味，搞得我口水直流。"你觉得大蒜的味道会让整个小镇的人都垂涎欲滴吗？"我问。垂涎欲滴，这个词我可从

国际大奖小说

来没用过。我经常用流口水这个词,垂涎欲滴的确是个可以在学校用的好词。老师都喜欢词汇量大的学生。

"哦,不,"爸爸说,"他们闻惯了这些味道,可能现在都感觉不到了。"

把大蒜卸载在脱水厂旁边,闻着大蒜的味道,我们饿

得不行,就买了比萨吃,给了"土匪"一些水。我和爸爸面对面坐着,头上是一台安装在墙上的电视机,正重播着拳击比赛。爸爸问我:"雷伊,你对未来有什么打算?"他从满嘴的比萨中挤出了这些话。爸爸总是吃得很快,像在吉尔罗伊这些地方,爸爸会戴着帽子吃饭,但如果妈妈在的话

他就不会了。

"呃,我没想过。"我坦白道。未来是件我尽量不去操心的事。

"别像爸爸一样开卡车。"爸爸告诉我,"生活很艰苦,一直睡在卡车上并在小餐馆吃饭的生活会让人变老。"

"我没有打算开卡车。"我仔细看了看爸爸,他的确很疲惫。也许所有关于卡车司机的乡村歌曲里的内容都是真的。

突然爸爸问道:"你妈妈最近怎么样?"

"挺好的,"我说,"她工作非常努力。"

"她有交朋友吗?"他问道。

爸爸想知道妈妈有没有男性朋友。原来爸爸让我和他一起开车是为了打探这个,这让我很生气。我说:"妈妈当然有朋友,他们一起做填充动物玩具,然后拿到手工艺市场去卖。"我不会向爸爸告密,把那个医院实验室的鲍勃供出来。鲍勃有时候和妈妈一起跑步,有时过来吃早饭。也不会告诉爸爸那个开救护车、带着呼叫机的医护人员,他带我和妈妈出去吃过一顿饭。妈妈总是叫他呼叫机。两个男人都不错,但是我觉得妈妈并没有放在心上。

爸爸不吭声了,他在想怎样可以在不经意间打探到他想知道的事情。我没好气地问爸爸:"你呢,爸爸?你交朋友了吗?"

爸爸不友好地瞥了我一眼。"当然,"他说,"我交了很多朋友。"

我们都没有再提这件事。我也不想知道爸爸在卡车停靠站交了什么样的朋友。我们在停靠站面对面坐着,看起来我和爸爸并没有什么可说的,也许从来就没有。

爸爸开快车顺利抵达了萨利纳斯公交车站,一路上我们几乎没再说话。因为没有装载货物,爸爸就没有钱赚,所以他急着赶到贝克镇去拉更多的大蒜。我看着他的车子离开,心里很难过。他问起妈妈的事情,说明他一定是非常非常孤独。我真希望自己可以对爸爸更友好一点儿。

8月20日

我的裤子太短了!所有的裤子都太短了!

我和妈妈找要我上学穿的裤子,可所有的裤子短得还不到脚踝。它们只适合当短裤穿,我整个暑假都是这么穿的。我不知道妈妈有没有注意到我腿上长出的汗毛。

妈妈抱了抱我,说:"我会想念我曾经的那个小男孩的。"我们去佩妮家买裤子,把飞龙独自留在小棚屋里。

买好裤子,我们又去衬衫柜台,我提醒妈妈我已经有了那件从旧货店买来要上学穿的衬衫。

她说:"噢,那件衬衫啊。"感觉她被那这件衣服逗乐了,可又好像很头痛。

开车回家的路上,我记得她一直絮叨着说想念她的小男孩。这让我感到很愧疚。我应该怎么做才能成为一个男人的同时又是她的小男孩呢?

唉，真不知如何是好。但我还是有了新裤子，长了腿毛，还有一件超级棒的衬衫。

我们刚到家的时候，发现飞龙已经把地毯啃了个洞。庆幸的是，地毯是我们自己的，不是斯梅林太太的。

9月12日

今天我发觉上中学的有两种人：一种是第一天穿新衣服炫耀的；还有一种是穿最旧的衣服，表明他们不把学校当回事的。

早上我和飞龙跑完步，就去帮凯蒂阿姨拖地，忙完之后跑回家冲了个澡，穿上我的衬衫，接着急忙跑到布林克霍夫先生家把飞龙放在他家的院子里。

培瑞在等我。"你挺有勇气的啊。"看到我的衬衫后他说。

在学校附近的十字路口，我们看到一个比我们稍高一点儿的男孩，叫凯文·奈特，上学期刚来的新生。他很有钱，富家子弟，看他那贵重的手表、烫得平平整整的T恤、折缝斜纹棉布裤而不是牛仔裤就知道了，就连他的发型看起来也很贵。

凯文怒视着我,"你穿的是我的衬衫。"他以通知的口吻说道。

"不可能。"我说,"我在旧货店里买的。"我要是不在这个有钱的孩子面前提到旧货店就好了。

"这是我最喜欢的衬衫,"凯文说,"只是我妈妈很讨厌它。我还没来得及穿,妈妈就把它送去了旧货店。"

有些妈妈真是让人费解。"她为什么这么做?"我总算明白了为什么一件全新的衬衫会出现在旧货店里。

"她说这种风格太可怕了。"凯文看起来很生气,但我没有责怪他。

"太可惜了,凯文。"我说道,"不过现在这件衣服是我的了,我花钱买的。"

"把衣服还给我!"他说着便要上来抢。

我躲开了。凯文又过来抓我,我不想被他抢走这件衬衫,所以又躲开了。凯文在后面追着我跑了起来,书包在后背上乒乒乓乓地撞着。我比他快一步跑进学校大门,终于避开了他的魔爪。

孩子们开始大叫。"跑啊——那个穿时髦衣服的家伙!""加油,雷伊!""抓住他,凯文!""跑啊,雷伊!"我吃

惊地发现居然这么多人知道我的名字。

我必须比他跑得快,不然我就要在全校人的面前失去我的衣服了。我们跑过走廊的一扇扇教室门。正当我回头看凯文离我有多远时,突然被一个老师也可能是校长一把拎了起来。"你知道这个谚语吗?孩子。"他说,"永远别回头,可能已经有人在逼近你了。"

凯文一边喘着粗气一边赶了上来。"你最好小心点儿,"他气喘吁吁,"我……最终还是能把我的衣服……拿回来的。"

我无法忍受这种耻辱,"为什么?……你妈妈不会让你穿这件衣服的。"

"什么衣服?"老师问。

今天的追逐就到此为止了。那明天呢?

我的老师们看起来还不错,但是我不确定英语老师琼斯好不好。琼斯老师看起来一脸不快,头发高高盘在头顶,好像一个"发瘤"。那个"发瘤"上还系着一条白色的头巾,这让她的脑袋看起来好像受伤后打了绷带一样。她说在她的课上我们都必须写写写,我身后的那个家伙对我耳语:"切切切!"琼斯老师也不允许我们写口语化的词语,例如走起、酱紫。

在体育馆里我发现我不再是班上最普通的男生了。我想如果我的裤子太短,那么班上其他人的裤子也都很短,但是事实并非如此。上体育课要按身高排队,我站在了最高的那一边。为什么我们要按身高排队?老师们觉得这样看起来更整齐?如果我们按照宽度排队,我一定是站在第一排的,因为我最瘦。

国际大奖小说

9月16日

我每晚都要洗那件衬衫,然后把它挂在浴室里,趁衣服还湿的时候就把它拉拉平,第二天就可以再穿了。凯文每天早上都在等我,但我一直跑在他前面,也跑在培瑞前面。凯文的腿比我长一些,但多亏了飞龙,我的耐力才更持久。有时候他能抓住我的衣服,于是换我转身追他。很快,半个学校的人都在观看和欢呼。那个红头发的女孩也为我们加油,但是她喊的是:"加油,约瑟夫!"她已经忘记了我的名字,或者她想叫的是凯文。那个红头发的女孩叫日内瓦·温斯顿,这是我经过周密的调查才知道的。

一天早晨,学校里貌似最厉害的一位老师用手臂同时抓住了我俩,"我倒想看看你们是否可以把这些精力用来跑越野赛还有明年春天的田径比赛。"后来我才知道,他是库尔兹先生,学校田径队的教练。和培瑞不同,我对

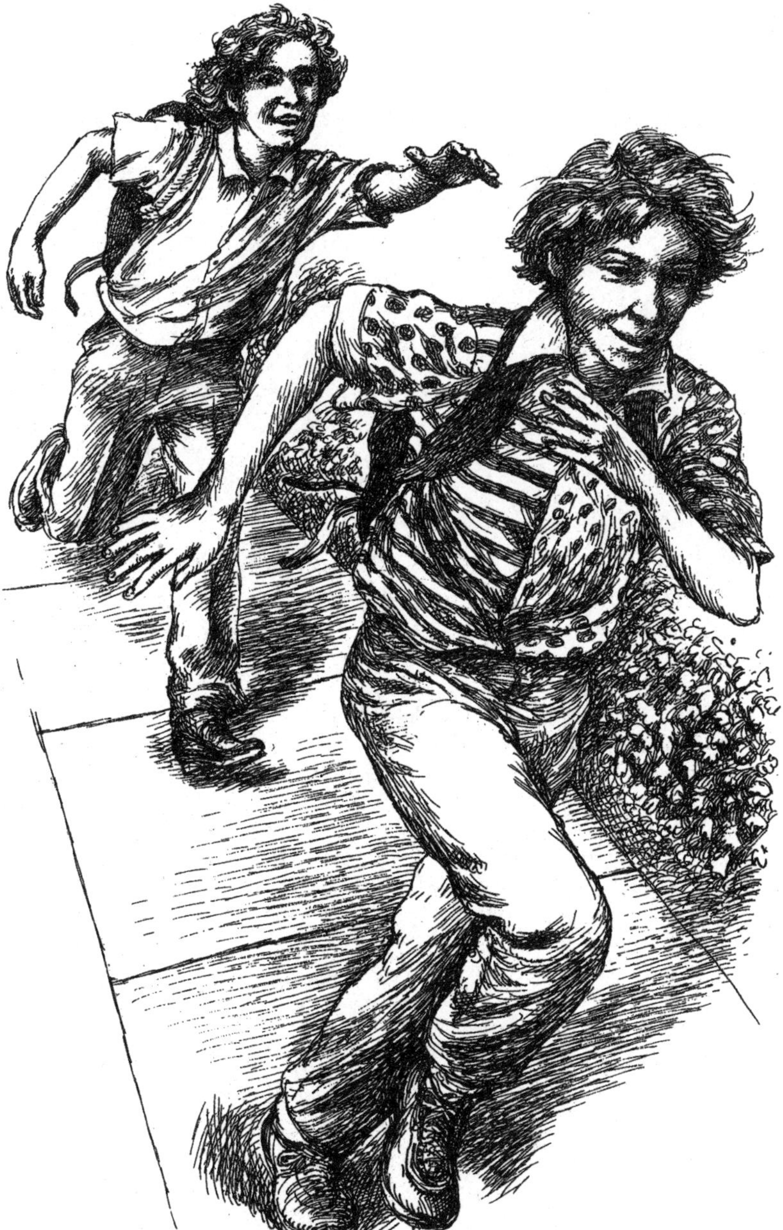

运动没有什么兴趣。跑步让我感觉很好，但是我不喜欢在有地鼠洞的地方跑，所以我觉得我不会参加全国性的跑步比赛。

9月19日

早上,妈妈说:"雷伊,拜托,今天换件衣服吧。"

"为什么?"我问,"为什么不能穿这件?"我不喜欢妈妈告诉我应该做什么。我不再是小孩子了,我的裤子证明了这一点。

"没什么原因,"她说,"就是换换风格。"

由于妈妈没有直接下达命令,我决定听她的话。另外,我也不想把衬衫穿坏了。这是一件珍贵的衣服,它代表着我不是懦夫。

过后凯文见到我和培瑞,问:"我的衬衫呢?"

"在我的衣橱里。"我告诉他。出于习惯,我们开始跑起来,也不是真的你追我赶,就是在跑,主要是让培瑞可以跟得上。我不喜欢在捍卫自己的荣誉时把培瑞落下。

在学校,同学们开始取笑我:"嗨,快看看!雷伊穿了

一件干净的衬衫。"这并没有让我感到沮丧,因为我知道我的衣服一直很干净。

要进教室上数学课的时候,那个红头发女生从过道走过来。"嗨,约瑟夫,"她说,"你的那件花衣服呢?"

日内瓦没有忘记我的名字。她指的是《圣经》里约瑟夫和他的花衣服。这是我还住在贝克镇的时候在主日学校学到的。

"我的衣服需要休息。"我告诉她后就走进教室,因为我不知道还要说什么。数学课的内容我没有听进去,我在想那位女生而不是什么数学方程式。她的头发并不那么红,说是胡萝卜色也不太准确。我努力在想一个正确的词语。铁锈色?橙色?栗色?铜色?没有一个恰如其分。

下课后,浑身粉笔味的格雷伊先生叫住了我,说:"雷伊,你最好不要做白日梦,上课时要认真听讲。"他说得对。妈妈说如果我的成绩下降,她就不让我看电视了。

9月21日

最近发生了好多事。(你可以称这句为中心句。我的英语老师对中心句很上心。)昨晚最重要的事件是妈妈休息,我们在电视上一起看奥运会的时候,电话铃响了。我离电话最近,所以我接了。我非常惊讶,电话的那一头是爸爸。我以前是多么渴望爸爸能打电话给我,但是现在我却在想,来自世界各地的运动员拥进体育馆是多么的壮观。"嗨,爸爸,"我说,"你在哪儿呢?"

"在乔莱姆。"他听起来很焦虑,"你妈妈在吗?"

妈妈接过来电话。"嗨,比尔,"她说,"好让人意外啊。"

她在听电话的时候,我在想为什么爸爸在乔莱姆那么忧虑。乔莱姆是一个宽敞的地方,位于尘土飞扬的山谷中的101号和5号公路之间。

妈妈最后说道:"很抱歉,比尔。真的很抱歉。"

我伸手去摸飞龙那坚硬的狗毛,能体会到妈妈的顾虑。过了一会儿她告诉我,爸爸卡车的变速箱坏了。他在等拖车过来把他拖到帕索罗布去,在那儿他要等着一个从洛杉矶送来的新变速箱。首先,他得等另一辆卡车来把他的番茄运到汤料厂去。番茄已经成熟,在太阳下暴晒很快会腐烂的。

"好像一个变速箱就要一大笔钱呢。"我告诉妈妈,"如果那些番茄不能按时到达装货码头的话,爸爸就亏大了。"

"难道我不知道吗?"妈妈说,"卡车钱还没付清呢。你爸爸用了六年的按揭贷款买了这辆卡车。如果他两个月没还贷款的话,银行就要收走他的车。"她听起来沮丧而又气馁。我不知道该说什么好,只有坐到地上并抱着飞龙,它把鼻子贴在我的脖子上。我继续看着奥运会,但是我的心已经飘向乔莱姆了。

9月24日

　　我和妈妈没有以前那样和睦了。可能我们都很担心爸爸,又或者这个小屋真的太小了,小到我们都能够碰到彼此的头发。虽然我的裤子已经短了,但是她也不记得我不再是一个小孩子了。她经常跟在我屁股后面唠唠叨叨,尤其是让我把衣服拿到洗衣店去洗,我讨厌这个活儿,并经常拖拉到衣服都快发霉了才去。她说我如果毫无怨言地去干活儿就是成熟的一种表现。是呀是呀,那裤子的长度是不是也是成熟的标志呢?

　　如果有人愿意租给我们一个两室公寓的话,那可能有地下室洗衣房,一个全世界都看不到我在洗衣服的地方。

　　我钦佩妈妈,尽管她也会对我发脾气,但我知道她爱我。对爸爸我却不太确定,他从来没对我发过火,也许他

并不关心我。自从他说他破产以后,我们就再也没收到过他的消息。我独自坐在一个肮脏的路边画着他的像。我的身边停着一辆卡车,里面装满两集装箱番茄,那味道闻起来就像过期的番茄酱。

9月26日

今天是个令人震惊的日子。晚上，妈妈上班，我在学习，爸爸打电话带来了更多的消息。他的卡车没了！因为他换了一个新的变速箱，但他说只能在番茄季之后付款，然而那将比还银行贷款晚一个月。维修工拿走了钥匙，交给银行保管。现在车子归他们了，爸爸一无所有了，只能开着一辆年久失修的破卡车。事情就是这样。

他拖着那辆他居住已久的破卡车，从贝克镇到萨利纳斯，在那儿他找到了一份加油的临时工作。他说他想离我们近一点儿，这样的话我以前从未想过他会说。关于如何还钱，他什么都没说，而且现在也不是问的时候。他的语气听起来非常气馁和难堪，这让我的心里很不是滋味。

爸爸的卡车没了！第一次看到他开那辆新车的时候，我觉得他是世界上最强大的男人，什么事情都难不倒他。

9月30日

我们学完了英语版的《古舟子咏》。这是一个故事,讲的是有一位老水手强拉着一个婚礼嘉宾交谈,并给他讲如何射杀信天翁,因此把诅咒带到了船上。如果琼斯老师不让我们把这首诗拆开读的话,这首诗还是很不错的。

今天她说:"现在我们要开始写写写了。"

我后面的那个男生小声地说:"切切切。"琼斯老师瞪了他一眼。

最开始我以为她会让我们写为什么那个水手会射杀信天翁之类的话题,但也许她并不喜欢这诗歌,因为她没提任何跟鸟有关的话题,只要求我们随便写一段文字就行,但要特别注意中心句。

我觉得《古舟子咏》就像是这个老水手在向我们诉说一样,我还记起来"走起、酱紫"这类琼斯老师在班上禁止的口语化词语,这反而让我更想使用这些词汇了。有关琼斯老师的事情让我感觉很不爽。自从爸爸失去卡车以后,我的心情就像代数里面描述的那样,变差了N倍,而且几乎影响到了所有事情。

我写道:"老人对陌生人说:'我抓住你了,我现在要跟你谈谈我的狗狗,哪怕你不想听你也得听。我的狗狗毛毛很硬,但是它的耳朵软软的,它会侧耳倾听。它的双眼告诉我,给我你滴关注,给我你滴爱,给我一根骨头。你怎么看?当我遛它的时候,它总是酱紫高高地抬着它的爪子。走起,你应该去看看我的狗。'陌生人说道:'放我走,我对你的狗不感兴趣。'"

写着这些句子,我很开心,觉得这是个好主题。

琼斯老师在过道里像个警卫一样地巡视着,然后在我的桌子前停了下来,开始看我的文章。她突然拿起文章并开始在班上笑着读了起来。她问道:"同学们,这篇文章有什么不对的吗?"

其中一个"好好学习,天天向上"的女生举起了她的手说道:"雷伊用了不合适的口语化词语,比如'滴'和'酱紫'。"

"回答正确!"琼斯老师说道,"雷伊,你应该用什么样的词呢?"

我争论说:"我的文章本来就是口语化的。人们就是那样说话的,因此我用的词没错。"

琼斯老师把我的文章扔到了桌子上,说:"在这学期一开始我就告诉大家我没有办法忍受不恰当的词语,用正确的词重新写。"

"但这样就弄错了,"我努力辩解,"我文章里写的人就是那些不会说正确的词语的人。"

绷带头发女士看起来有些恼羞成怒了。"雷伊,你需要改变你的态度。"她说。我觉得她有权给她的课堂立下规矩。她喜欢这些老规矩。而且越多越好。她应该告诉柯勒律治也改变下他的态度,因为他在他的那首《古舟子咏》中也用了"酱紫"之类的词。但你不可能跟老师辩论,因为如果她给你写的诗歌打分的话,她会在韵律上打上一个大大的叉,因为没有用"正确的词语",说不定还会给一个"C⁻"。

10月4日

我还是很生琼斯老师的气（今天她的头巾是白色带着粉红波点的，看起来像是被鸟枪扫射过一样），我也生其他人甚至是培瑞的气，因为他去踢球了，而我却一点儿兴趣也没有。我的意思是不喜欢踢，只喜欢看。放学后我单独和飞龙一起去看一二年级的球队训练。培瑞太累了，一点儿也不想跑步了，于是就把飞龙单独留给了我。

今天，我和飞龙刚走到小棚屋前面的公寓，和往常一样，我四处搜寻斯梅林太太的踪影，希望偷偷溜进去而不被她发现。你难道没发现吗？她的头发编成辫子垂了下来，正试图把所有的垃圾都塞到两个垃圾桶里，这样她就不用再买了。两套公寓的其中一套用一个，我们的小棚屋用另外一个。

"你好啊，雷伊。"她用力踩着纸板箱。

"下午好,斯梅林太太。"我觉得礼貌一点儿总是有用的。飞龙把爪子放到了脏兮兮的天竺葵上。

"学校怎么样?"大人总爱这么问,但他们其实并不关心。

"按1到10打分的话我给3分。"我努力挤出微笑,即使我的胃好像被打了个结。

她看看飞龙,飞龙正努力看起来像一只好狗,耳朵竖起来,眼睛发亮,露出狗狗的微笑。在斯梅林太太说话之前,我急忙把它带进我们的小棚屋。

有时候我真的希望她提高房租,不让我们拖欠房租,好让我们不再过这种悲惨的生活。

11月25日

　　10月和11月都很枯燥乏味，没什么值得写在日记里的。也许是我的态度不端正。我想念爸爸，他住得很近但从没来看我。也许他因为失去了卡车而感到惭愧，不想见我们。

　　一天，妈妈说："雷伊，你把这个地方叫作小棚屋让我感觉很不舒服。这是我们的家，我已经努力做到最好。房租这么贵，你爸爸没法支付抚养费，这些都不是我的过错。"

　　我知道我心情很低落，但我感觉很内疚。妈妈说得对。我做的每一件事好像都不对，我担心很多事情，更多的是担心爸爸在成为卡车司机后要洗挡风玻璃。

　　好在布林克霍夫一家请我和妈妈吃感恩节大餐，才让我们感觉稍好点些。布林克霍夫先生擅长烹饪火鸡，把

火鸡切得有模有样。培瑞的奶奶在那边用红色、紫色和橘色毛线织着毛衣,妈妈对此很崇拜,培瑞说这个可以卖好几百块钱。姑娘们穿着帝王蝶服装跑来跑去,这可是每年十月海林镇蝴蝶游行礼所穿的服饰。不一会儿,我们做好了两种馅儿饼,还有火鸡。妈妈笑个不停,对意面墙赞不绝口。看到她笑,我真是太开心了。

晚饭后回到家,我们的小屋看起来又冷又小。我把布林克霍夫太太留下的剩饭喂了飞龙,我很想知道爸爸在哪里吃的感恩节晚餐。

我希望以后妈妈的笑容能更多一些。

12 月 17 日

在湿冷的早晨和飞龙一起跑步是件不容易的事。我无意中听到隔壁加油站的服务员说:"这个孩子从来都不走路的吗?"他应该试着用一群牛来训练一只澳洲牧牛犬。

琼斯老师这次给我的作文打了 A,说我的态度改善了。好吧,这只是她的想法。我把最无聊的作文交了上去,只是小心地确保用词正确。写《我的暑期夏令营》很搞笑,因为我从来没有去过夏令营。我的中心句是"我在夏令营里交了好多朋友",真无聊!

我担心爸爸,担心妈妈,担心我自己。擦掉飞龙的泥爪子印,不让斯梅林太太看到,是我每天例行的功课。

12月25日

圣诞节!周五培瑞带着两个妹妹去洛杉矶和他的生母一起过节。飞龙这十天完全属于我了。

早晨爸爸开着他的旧货车过来了,给我带了一件羽绒服。去年和前年他送给我的都是羽绒服,他都忘记了。或许他不知道除了这个还能送什么。我送给他一件衬衫,可以穿在制服里。他下车查看油箱或者擦挡风玻璃的时候可以保暖。

妈妈这个感恩节没有去上班,所以在圣诞节的时候她得去工作。不过她做了一顿美味的午餐,还有烤鸡,因此她邀请爸爸留下来一起吃。我撕了一块肉给飞龙,没有人反对。爸爸吃完饭立马就走了,因为他还要工作。整个中午他都非常沉默。

"打起精神来,雷伊。"妈妈临走前亲了亲我。为了防止眼尖的、蠢蠢欲动的蟑螂的侵袭,我把所有的盘子都洗干净了。

圣诞卡片上尽管写着圣诞快乐,可今天并不算是一个快乐的圣诞。好在节日里可以躲过琼斯老师,此外,我还拥有整个的飞龙。

1月6日

圣诞假期结束的前一天,天空下起了倾盆大雨。我们的小屋虽然不漏雨,但是窗户一直冒着水汽,厕所墙上的霉菌就像一幅地图。有天早晨我起来时感觉很不舒服,"妈妈,我喉咙痛,可能我发烧了。"

妈妈把手放在我的头上,说:"你是发烧了。"作为妈妈,她开始各种各样的担心,并说要给医院打电话,今天请假不去上班了。

"妈妈,"我咳了一声,"我又不是快死了。我可以自己待在家里,我不是小孩子了,况且还有飞龙陪着我。"

因为医院缺人手,妈妈最终同意我一个人在家,但要我答应一直躺在床上,多喝水等等。因为房间太冷了,她把客厅的沙发收拾成一张床让我躺下。她带着飞龙在雨中慢跑了一会儿,然后用旧毛巾擦干狗毛,这样小棚屋就不会有太多狗味。妈妈上班之前,把水、果汁、书和热汤放在沙发旁边的凳子上。

接下来的这一天漫长得像一条又黑暗又幽长的隧道,我连看电视的兴致都提不起来。我和飞龙一直在打瞌睡,直到飞龙开始坐立不安。我努力爬起来给它开门。"快点儿!"我命令它,因为雨水开始打进来,我感觉非常虚弱。飞龙很听话,真是只好狗。

后来,我给自己倒了点儿热汤,但却一点儿饿的感觉也没有。接着我一定是睡着了,因为我听到过道的脚步声时天已经黑了。沉重的脚步声肯定不是妈妈的,妈妈的脚步声又轻又快。飞龙站起来,竖起耳朵,毛发直立,挺直了腰,准备冲出去。

我用胳膊支撑身体爬起来,只听见"雷伊,是爸爸"。

"趴下,飞龙。"我咳嗽着,尽可能提高我的音量,"爸爸,进来吧。"我的喉咙听起来像磨砂纸的声音。

"你还好吗,儿子?"他问。

"妈妈打电话给你啦?"我有些责怪她。

"当然打了。"爸爸关切地说,"她非常担心你。别忘了,你也是我儿子。"

我没有忘记,但是我觉得倒是他好像忘记了。我把枕头放在冷的那一边,努力不让眼泪流下来。

爸爸摸了摸我的额头。他走进厨房,好像他住在这儿似的,拿了一些冰块放进我的果汁里。然后他去找了块毛巾,裹了一些冰块,放在我的额头上。令我感觉舒服了很多,"你妈妈说医院有好多事情要处理。"他说着把电视打开,把音量放得很低,并坐在我旁边。爸爸的声音和他在旁边的陪伴让我慢慢进入了梦乡。

当我醒来的时候,爸爸已经走了,妈妈正在帮我盖被子。

"爸爸来过吗?"我问。妈妈说来过。有那么一小会儿我感觉是我在做梦。我从来都不知道爸爸原来还可以这么照顾我。

1月7日

除了培瑞把我的书带来了这件事以外,关于我的病没什么可写的了。他从窗户中挤了进来,因为有燃气热水器,所以窗户必须开着。那时我已经感觉自己眼睛能转动,舌头也能伸出来了。

培瑞捏着鼻子避开,防止病菌传染,飞龙也把嘴伸出窗外。"嗨,兄弟,"培瑞边晃动手指,边用变了调的声音说,"我们的狗狗好吗?"培瑞没有提到恢复他的抚养权,这让我有些吃惊。

我坐在那里思绪万千,心里默念千万别想起来啊,培瑞,让我养着它,我需要它。我也不知道为什么,脑子里浮现的都是狗狗的抚养权。

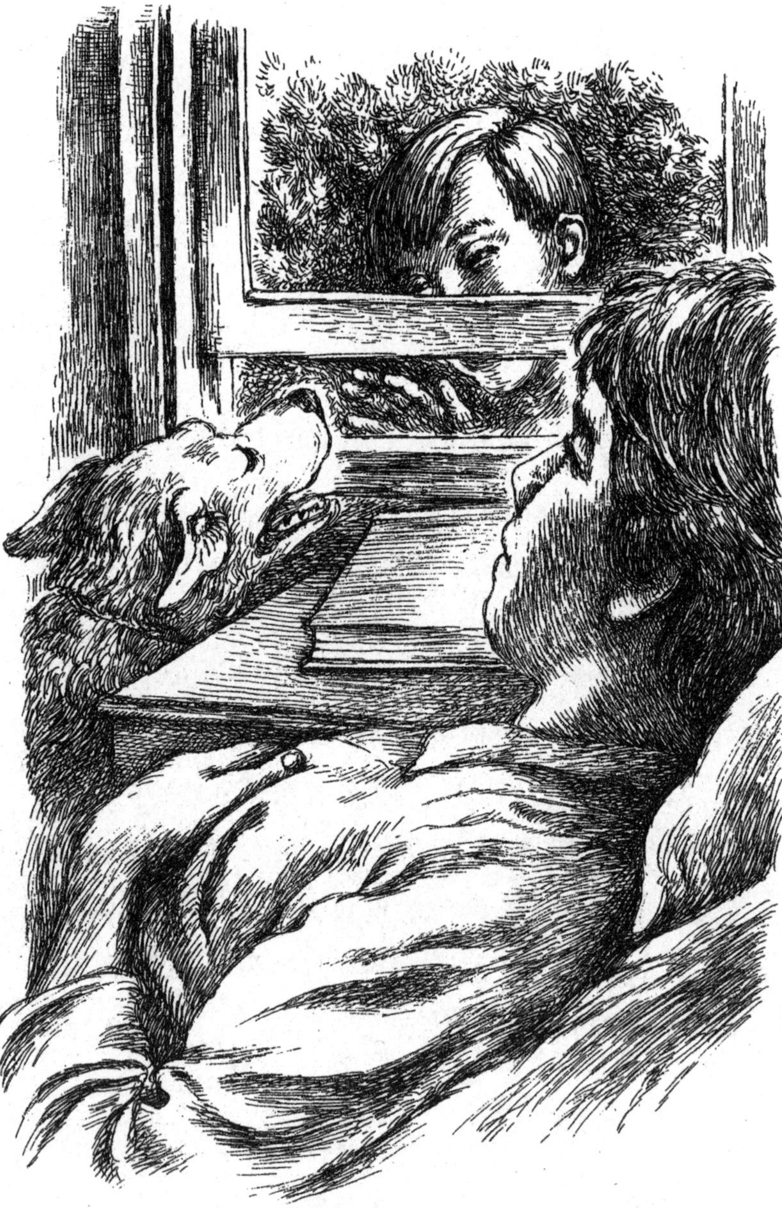

1月8日

　　我写这些是因为我太无聊了。当我再阅读起所写的这些内容,发现我漏掉了最重要的一部分。

　　爸爸在我一个人在家的时候又来了一趟,但感觉我可以撑得过来。他看起来有点儿不一样,不像以前那么安静,可以用击垮这个词来形容他的样子。我问:"爸爸,你有什么烦心事吗?"

　　他想了一会儿,说:"一个卡车司机没有卡车的事让我想了好多。我觉得你妈妈要比我聪明得多,她现在还在不停地学习。"

　　我不知道该怎么回答。接着他问:"你对未来有什么设想吗?"

　　又是那个问题,没有答案的问题。我说:"妈妈觉得我应该上医学院,但是我应该自己赚钱养活自己,在上学的

几年里不能成为家里的负担。"

"雷伊,你要听妈妈的话。"爸爸忽略了我态度不好的事实,"不管怎样我都会帮助你的。我不打算一辈子为卡车加油。我不想让我的孩子再犯我曾经犯的错误。"

爸爸的好意我心领了,但我没有指望他。另外,给我的抚养费会在我18岁的时候结束,但我只是说:"谢谢爸爸。"

爸爸走了,我感觉很好,因为他来看我,也关心我。可我也感觉有点儿烦,因为我不喜欢别人告诉我应该怎么做。你怎么知道我想上医学院?我一点儿也不想。妈妈看到病人死去的时候会很难过,可看到病人被救活她也会非常开心。也许我只是想背着我的双肩包,带着我恶劣的态度在全世界游荡。

我差点儿忘记了。生病的时候,培瑞带给我一盒恐龙形状的曲奇,是他大妹妹为我烘烤的。他们把这些曲奇冷冻了,还把巧克力豆塞进里面当恐龙的眼睛。我觉得这些曲奇做得很棒。真希望我也能有个妹妹。

1月10日

　　今天天气转好,我仍感觉有点儿虚弱,但还算是恢复过来了。我把飞龙留在家里陪妈妈学习,拖着像果冻一样的膝盖和重重的步子挪到学校。培瑞从后面赶了上来,"你怎么没把飞龙带到我家来?"他问。

　　"山坡太陡了,而且我身体还没有恢复。"

　　培瑞接受了我的解释,这也的确是事实。我觉得现在提醒培瑞交狗狗抚养费可不是个好时机。

　　在学校,我以最好的态度把所有补课的作业都交上去了。老师们都说很高兴看到我回到校园里。英语课上,我很快做完了有连字符的练习。好无聊,我透过窗户看着操场四周的松树,然而很快视线就被操场上的活动给吸引了过去——女生们在打排球。

　　有个女生并没有在打球,那是日内瓦,她一个人在练习跨栏。我看到她跪在想象中的起跑器上,假装听到发令枪的声响,开始起跑,迈开双腿伸展双臂,跨过第一个栏杆,大步向前跑,撞倒第二个栏杆。然而这并没有阻止她继续前进。她继续跑,除了跨过第一个栏杆,其他所有的都被她撞倒了。接着她一一摆放好栏杆,又重新开始。她的秀发飘在身后,那双我之前没有注意的腿又细又长,真的很美。

我感到琼斯老师在盯着我,于是我假装在练习。有时我注视着窗外,好像在思考,其实我是在看日内瓦。她撞倒栏杆,扶起栏杆,又重新开始。她一直没有放弃。

我很佩服她。

看着日内瓦,我的心情慢慢好起来了。我好想和飞龙一起跑步,呼吸着清爽、干净、有着松树香味的空气,迈迈

步子,拉伸我的腿。

这时琼斯老师打断了我的思绪,说:"也许雷伊下一篇文章应该是女孩们的体育课,因为他对这个很感兴趣。"听了这句话之后,我对英语老师的态度从差、非常差,现在到了最差。

在栏杆被撞倒的时候我禁不住地想,日内瓦会不会磕到膝盖。

1月12日

我和培瑞吵架了,我感觉非常糟糕。

吵架是因为我。培瑞昨天没有怎么提到飞龙,我就没有在上学的路上把它带到培瑞家去。我感觉很内疚,于是就躲着培瑞。我知道是我不对,但是我太爱飞龙了,我就为自己的行为编了很多愚蠢的借口,比如培瑞有爸爸和小妹妹们陪伴,他不需要狗来陪他。

终于,我和培瑞在教室的过道相遇了。培瑞问我:"你为什么去上学的时候不路过我家?"没有提起飞龙。

"我觉得时间不够了。"这是我能想到的唯一理由。

培瑞沉下脸,不悦地说:"为了等你,我都快迟到了。"

"那你别等啊。"我知道我不应该这样说,但我没忍住,可是说完我就后悔了。

今天我们在上学的路上恰巧碰到了。培瑞看起来并不友好。"你怎么可以单独养着飞龙?"他问。

我多么希望自己有个真正的理由。"我觉得你不关心它。你在足球赛季并没有想着它。另外,它喜欢待在我家里。"我希望这一切都是真的。

"当然,"培瑞说,"是你在养它。但你别忘了,我有一半的抚养权。我们说好的。"

我说了一件很刻薄的事。"那你为什么不支付它的抚养费呢?这个不也说好了吗?"

"都是你在养着,我为什么要付抚养费?"培瑞把我问住了。

"你付钱我就把它交给你。"我词穷了。

"我感觉你在利用它来勒索我。"培瑞说。

"你知道我不是的。"我和培瑞怒目相对。

自知理亏的事实让我表现得很生气。我其实不想这样,但又不知道怎样才能收场。我似乎已经能听到大人们议论说他们早就知道我们不能共养一只狗。他们可以大笑一番了,但飞龙除了当一只好狗外并没有做错什么。

培瑞开始向前走了。

"等等,培瑞!"我叫他,感觉很糟糕。

"死了!"他回应说。

这让我感觉非常难受,我更生气了。"布林克霍夫!"我扯着嗓子喊,像一个一年级的小学生一样。

1月14日

昨天培瑞故意躲着我。

昨晚我心情非常沉重,难以入睡,飞龙趴在我床边,我把一只手放在它身上。有一次它醒了过来,舔了舔我的手。我知道它是喜欢我皮肤上的咸味,但我更愿意把这当作它想让我知道它爱我的表示。

今天早上吃过早饭,妈妈问我:"怎么了,雷伊?你看起来心情很不好。"

我把昨天的事情老实地告诉了她。"我是个坏透了的、态度恶劣的孩子。"

"噢,雷伊。"妈妈的笑声中有悲伤,有嘲讽,也有忧虑,"14岁的生活并不容易。"

当然不容易。

1月16日

　　培瑞还在躲着我,他甚至选择了另外一条路去学校。这让我感到很糟糕,内心绷得紧紧的,就像他妹妹吃的缩成果仁大小的爆米花,我上课没办法集中注意力,干什么事情都出错。

　　放学回家的路上我走得很慢,想着怎么做才能化解这场矛盾。我打开门,飞龙看到我时立马开心地跳起来舔舔我。我抱它的时候,注意到它把地毯的另一个角也咬烂了。

　　换好衣服之后,我们沿着海湾跑了起来。我们跑到蝴蝶树林,轻手轻脚地走,生怕惊扰了那些蝴蝶。那些蝴蝶停在桉树上,像棕色的小树枝。阳光慢慢透过枝叶照进树丛中,温暖了这些蝴蝶,它们张开翅膀飞到半空,变成一片片云朵,闪着的光泽像极了日内瓦的头发的颜色,然后

它们舞动着翅膀向丛林飞去。

我难过的时候就会来这里。这些脆弱的生物可以飞到阿拉斯加那么远,想到它们总能让我振作起来。我们离开小树林的时候,我知道接下来该怎么做才能让自己感觉好起来。

回到小屋,我拿起飞龙的脊椎矫正盘。"过来,狗狗!"我迈着沉重的步伐爬上山坡,带着飞龙来到培瑞家。我把盘子放在屋檐下,解开它脖子上的绳子。

我跪下,挠挠飞龙的肚子。它看起来很困惑,好像知道有些不同寻常的事要发生了。我捧起它的头,看着它长着斑点的脸,黢黑的鼻子,警觉的棕色耳朵,说:"别了,飞龙。再见。"然后我离开了。当我回头看时,发现飞龙的前爪趴在围栏上看着我远去的背影。"别忘了我!"我向它大

喊,然后迅速转过了身,眼泪瞬间滑落。

　　整个晚上我都在等培瑞的电话,希望他能告诉我说别傻了,过来接飞龙,我们还是有共同抚养权的。但是丑丑的茶色电话机一直静静地待在那里没有任何动静。我并不是真心想把飞龙交给培瑞的。我只是想让培瑞打电话说:"没关系,一切正常,我们还是好朋友。"

1月20日

　　小屋里到处都是飞龙的影子。窗户上是它鼻子弄的污点。屋子里到处都是它的毛。被它咬烂的地毯提醒我把它关在家里的时间太长了。我似乎能听到它用脚指甲抓厨房地板,狗牌发出咯咯的声响,好像它还在那边到处乱抓。我准备睡觉,照常想摸摸它的毛,可发现飞龙已经不在了。

　　今天,妈妈问我飞龙到哪里去了,其实我也很想念它。

　　"它在培瑞家。"我努力表现得很平静。

　　"你俩在共同抚养飞龙上出什么问题了吗?"她推开咖啡杯问我。

　　"也不是。"我说,"呃,有点儿问题。"

　　妈妈真好。她不再继续往下问了。

1 月 25 日

真有意思,即使每天不需要再遛飞龙,我仍每天早上有早起跑步的冲动。我想是习惯使然吧。在一开始的几分钟,我得稍微加把劲。但是一旦跑起来,肌肉开始放松,美妙的感觉开始出现,接着我觉得自己都要飘起来了。

为了躲避培瑞,我选择了另一条路去上学。我经常会遇到凯文,他总是对我很警惕,即使我没穿那件衬衫。

今天,凯文竟然没追我,而是问我:"嗨,雷伊,你最近怎么样?"

"怎么样?快到期末考试了你还问我怎么样?"我故意虚伪地大笑。在临近考试的时候我想把成绩再提高一点儿。

"想让我好点儿,就给我打个 A。"凯文跳起来想抓到树枝,"要去跑步吗?我之前看到过你和你的狗绕着小镇跑步。"

那是曾经属于我的狗。我一边回忆一边说:"我不想跑。"我脑子里全是飞龙、培瑞、期末考试,有时候还会想到日内瓦,那个有着大红斑蝶颜色的头发的女孩。

我们静静地走着,直到凯文开口说道:"你知道吗?在我追着你要那件衬衫之前,没有人在学校注意到我。我真的很喜欢那件衣服,但我妈妈看到它就要得心脏病了。"他重重地拍了一下路边的灌木丛。"现在我不介意你穿它了,至少追着你跑让好多人注意到了我。大家都知道我是谁了。"

"刚来学校的学生都不容易。"我说着,想起了自己六年级的日子。

1月26日

今天的数学期末考试结束之后,我在过道上碰到了培瑞。之前我也碰到过他几次,但是他今天看到我的时候尤其不开心,我觉得有点儿不可思议,他已经完完全全拥有飞龙了呀。"你为什么把飞龙养在你家?"他问。

我想说我为那些说过的蠢话感到抱歉,但是刺耳的愤怒脱口而出:"因为我是个态度恶劣、内心坏透了的人。"

培瑞愣愣地看着我,好像被我揍了一样。也许如果我数学考好一点儿,我就不会心情这么差,说的话也不会那么伤人心了。

放学后,凯文跟上我,"去我家吃点儿东西怎么样?"

为什么不呢?没有飞龙,我也没有什么更好的事情可以做了。

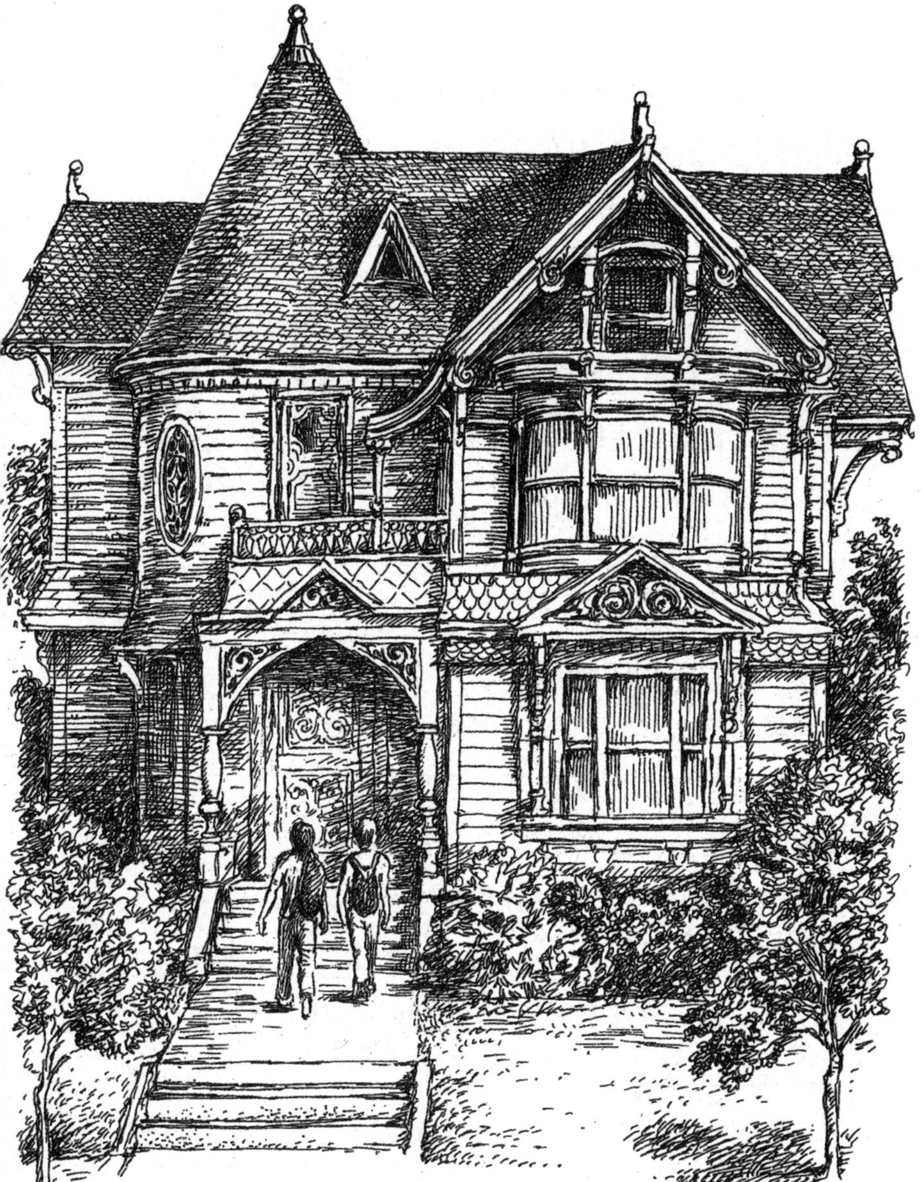

凯文住在古老的维多利亚式老房子里，墙上涂着所谓的"装饰性颜色"，现在这房子估计值上百万了。厨房全部都是粉色的，很现代。凯文打开大冰箱的门。"我妈妈在一家汽车修理厂把所有的厨具都涂成了这种粉色。"他解释道，好像在为这事感到抱歉。除了在超市，我还没有在其他地方见到过这么多的冷冻食物。"你想吃比萨吗？"他问，"我打算把俄式炒牛肉当晚饭，或者法式蓝带鸡肉卷。总之，我不想减肥。"

"比萨就很好了。"我有点儿疑惑，"你妈妈不做饭吗？"

凯文把比萨放进微波炉。"她从不做饭。我们选一些我们想吃的东西放进微波炉热热就可以了。"

吃比萨的过程中，我知道了凯文的好多事情。他似乎需要一个能跟他说话的人。他爸爸很有钱，有时候住在旧金山的诺布山，有时候住在夏威夷的高级公寓里。他很生凯文的气，因为他没有考上他家祖祖辈辈都去的预科学校。凯文也对他爸爸感到不满，因为在他入学考试的时候，他爸爸正为了一个年轻的女人和他妈妈闹离婚。凯文说他妈妈得到了很多补偿金，还说那个每天早晨都要过来的管家不喜欢他把厨房弄得一团糟。他希望自己能参加全国性的跑步比赛,这样至少还有点儿事情可做。

我感觉自己有点儿不厚道,因为凯文的事让我对自己的遭遇感觉好了一点儿。

我告诉妈妈我交了一个不是很开心的朋友。妈妈问我:"他为什么不开心?"

"因为他很富有。"

妈妈听了之后大笑,她是希望自己也有这种困扰。但是了解了凯文的生活后,我觉得有钱并不一定快乐。

"哪天我在家,请他过来吃顿饭。"接着她补充道,"只要你不觉得现在的生活让你没面子。"

我一直都没有感觉不好,但是现在我有点儿担心以后会不会这么想。

2月13日

今天我和凯文一起出去跑步。库尔茨先生,就是那个教练,跟我俩郑重其事地谈了一次话,他告诉我们参与的重要性,叮嘱我们要努力做到最好。他说输赢并不重要,重要的是要有竞争意识。他着重强调了希望能在我们身上看到进步。这就意味着我必须开始改变我那种恶劣的态度。

在操场上,我看到日内瓦在练习跨栏,她四肢伸展,红色的头发飘在空中。她在不断进步,这说明她的态度很端正。

校队的队员称库尔茨先生为"教练",但像我们这些低年级的学生和他不怎么熟。他负责一二年级的训练。之后,我们走向更衣室的路上,库尔茨先生把手搭在我肩上说道:"我有预感,你会给这个团队做出很大的贡献。"这让我感到很吃惊。因为有培瑞和飞龙的事情压在心头,我都感觉步履沉重。

他对凯文说:"有这么一双大长腿,你应该做得更好。"

2月14日

按1到10评分的话,今天可以打15分!我从学校回到家时,发现飞龙在门口坐着!看到我它立马跑过来,跳起来舔我的脸。它又长又湿的舌头让我感觉很棒。

"飞龙!"我一遍又一遍地叫着它的名字,"飞龙!"它扭动着全身,表示看到我非常高兴。

它的狗绳子和狗盘子都不见了,这说明飞龙是自己跑过来的。培瑞家的院子篱笆没有多高,飞龙如果非常想出来的话也能跳得出来。

我感觉非常棒,因为飞龙想我了。我把它带回屋子,拿个普通的盘子喂它吃东西。它吃东西时发出呜呜声,听起来很悦耳,就和以前一样。

这时,电话铃响了,我的心立马沉到了地上,我预感电话是培瑞打过来的。果然是他。

"飞龙在你那儿吗？"听起来培瑞很不安。

"是的。"我说，"你想跟它说话吗？"

"聪明的狗狗，"培瑞说，"它在那儿干什么？是你过来带走它的吗？"

我告诉培瑞，如果是我带走飞龙，我会把绳子和狗盘一起带走的。"回来是飞龙的主意，它自己跑回来的。"飞龙听到它的名字，便乖乖地把头放在我的膝盖上。

"我想也差不多是这个情况。"培瑞说，"我就是想确认一下它是不是被人偷走了。"

我们俩陷入了沉默。我能听到电话那头他妹妹的尖叫声，这说明培瑞还没有挂电话。

终于，培瑞说："你不需要放弃抚养权。"

"可能是因为那段时间我对好多事情都感到沮丧，"我承认，"所以才会说那些很抱歉的话。"也许在电话里谈一些事情要好过面对面的沟通。

"我妈妈也是这么说的。"培瑞说。静下心来，我真要谢谢布林克霍夫夫人的理解。

最后，培瑞说道："你养它，我跟它做朋友。它已经表现出来最喜欢你了，我也知道你训练它花的时间比我多。

另外,我不想洗它的狗盘,而且也不想它吓到我妹妹养的猫。"

"哦,培瑞……"我感激得说不出话来。

"就这么说定了。"还是培瑞理解我。

当我稳定住自己情绪的时候,我觉得有必要提到另一件让人担心的事。"如果我养它的话,别人可能会笑话我们无法完成我们共同的抚养大任。你知道他们会怎么说的。"

"是呀,"培瑞赞同道,"他们已经开始说了。一定有办法让他们明白这些愚蠢的说法很滑稽。"

我们两人又沉默了。突然,我想到了一个办法,一个绝佳的点子。"当爸妈离婚的时候,我听说如果一个孩子能成熟并且聪明到有自己观点的话,他对于抚养权这件事就有自己的发言权了。对此我绝对了解得非常清楚。"

"嘿,这听起来不错啊!"培瑞很激动,"我们可以说飞龙现在已经成熟到足够表达它自己内心的选择,它决定跟你生活在一起。"我们像以往一样笑了起来。

"毕竟,有多少狗狗能识字呢?"我说道。我们笑得更厉害了。然后,我又有了一个想法:"有件麻烦事是,我要参加田径比赛。早上的话还能跟它一起锻炼。但是我如果把它留在家里一整天的话,它会啃地毯的。"

"没问题的,"培瑞说,"就像往常一样把它留在我家的院子里,在你参加田径赛的时候我会训练它。为了明年的足球赛,我也要保持良好的状态。"

过了一会儿,培瑞带着飞龙的绳子和狗盘来了。无须言语就知道我们已经和好了,对此我们心照不宣。我也知道,但我不会说出来,培瑞终于从照顾飞龙的责任中解放出来了。顺便说一句,我不介意洗狗盘。

我给了飞龙一个大大的拥抱,因为它彻底属于我了。

3月1日

第一个月,为了不让斯梅林太太发现并涨房租,我打算把飞龙藏在浴室里。可突然我又改变了主意,因为把这个地方称为小棚屋触动了妈妈的神经;成天担心因为我的狗狗而涨房租,每天鬼鬼祟祟也触动了我的神经。

斯梅林太太穿着她的人字拖,啪啪地走了过来。我打开房门,把妈妈放在门边椅子上的房租支票递给她。飞龙就蹲在我旁边。"斯梅林太太,飞龙现在是我的狗狗了。"我告诉她,"它只想和我住在一起,而不是由我和培瑞共同抚养。"

斯梅林太太看起来很惊讶,她说道:"所以呢?"

"所以我想知道您反对我养狗吗?"我开始有点儿不安,就好像我和妈妈将要露宿街头了似的。

"你从来没有欺骗我。"斯梅林太太说,"而且我还没反对呢。"

哦！我决定试试运气。"那你会因为飞龙涨我们的房租吗？"

"如果我不需要清理狗便便的话，就不用涨。"

"你不用清理，"我保证道，"我会买个拾便器或者用一个旧牌照来处理。"

"你真是个好孩子，雷伊。"斯梅林太太说。她离开时又转过身来问我："你不想为狗做个围栏吗？"

难道她注意到被咬烂的地毯了？也许吧。"有个围栏会很有用。"我不得不同意。

"那就做一个吧，"斯梅林太太说，"一个坚实的围墙会让我的房产增值的。"说罢她便转身走了。

妈妈用干毛巾擦着头发走进了房间，说："雷伊，你太让我吃惊了。你是怎么把这个事搞定的？"

我耸了耸肩："因为我是家里的男子汉。"也许现在妈妈不会那么想念原来的那个小男孩了。

妈妈皱了皱眉："斯梅林太太搞得好像建个围栏是我的义务似的。"

这也正是我最开始要考虑的问题。

3月2日

一个围栏,一个围栏,用我的王国换一个围栏,就像莎士比亚说的那样。

院子已经有一个围栏了。丛生的灌木环绕着围栏,把加油站的一边和在我们小棚屋前面的公寓留出来了。培瑞和凯文从大街上的家具店拿来了几个打包用的板条箱,帮着我一起建围栏。但我有预感,斯梅林太太可能会觉得这种围栏不会给她的房子增值。

凯文提出围栏的钱由他来付。我肯定不会让他付,我妈妈也不会同意这么做。培瑞说如果我们请他爸爸过来帮忙建围栏他肯定会答应的,他爸爸有各种各样的工具。虽然培瑞很贴心,但我也不会接受的。

问题解决了,算是比较圆满地解决了。

3月12日

我开始想:如果培瑞的爸爸愿意帮飞龙建围栏,那我爸爸是不是也可以呢?没有征询妈妈的意见,我就直接给在萨利纳斯的爸爸打了电话。"爸爸,你能帮我建个围栏吗?"我开门见山地问道。

"建在哪儿呢?"他听起来很诧异,我向他解释了一番。"好的,没问题。"他爽快地答应了。当天晚上他就开车过来,借着隔壁加油站的灯光测量了院子。

过了几天,我从学校放学回来,发现整整齐齐的围栏刚刚建好,足有六英尺高,围栏里的泥土还没干呢。我抓着飞龙的爪子对着大门印了上去。现在我的狗狗终于有了自己的家了,太棒了!

昨天,我拖完地和飞龙一起回来的时候,看到爸爸带着"土匪",正拉着木头、绳子和一个做好的门。爸爸和妈妈正在说话,斯梅林太太从窗子里探头看着。

"来吧,雷伊,过来帮忙。"爸爸说。妈妈说她还有好多活儿要干,只有工作完成之后才能回家。我猜她只是找借口不想和爸爸在一起。

我和爸爸一起用钉子固定纵梁,这种大汗淋漓干活儿的感觉可真棒!飞龙就蹲在一边看着我们,而"土匪"则一直待在卡车上。

差不多所有的纵梁都固定完了,一辆红色丰田汽车开了过来。一位女士从车上下来,向我们走来。"嗨,比尔,"她说,"干得怎么样了?"

爸爸吻了吻她说:"不错,爱丽丝。这是我的儿子,雷伊。"我在裤子后面擦了擦手,伸过去说:"你好。"这对我来说并不容易,因为,我感到很惊讶。爱丽丝看起来比妈妈年纪大一些,也更丰满些,但是的确迷人而且不俗气。

"你好啊,雷伊。"她用友好的语气打着招呼。飞龙鼻子哼了一声表示对她没有好感时,她抚摸着它的耳朵后面来安抚它。她说她还有好多事要做,只是"觉得要来看看这个围栏做得怎么样了",接着就开车走了。

我怀疑地问:"她是过来看我的?"

爸爸露齿笑道:"就算是吧。"

"你是认真的?"

"也许。"

"有小孩儿吗?"

"有个在念大学的女儿。"

琼斯老师肯定不允许我这么说话。但我和爸爸似乎没有办法用完整的句子进行沟通。

正午的时候,我们没吃饭而是继续干。我们在围栏柱上钉上绳子,挂好门,固定好安全闩。飞龙现在有了一个高达六英尺、整齐的围栏,斯梅林太太的房产也因此增了值。我向爸爸表示感谢。爸爸说:"别跟我客气。我们一起去吃饭吧。"

清洗了围栏的边角,把看上去摸不着头脑的飞龙留在了围栏里,然后我们去了一家墨西哥餐厅。我们都要了特别的墨西哥套餐,里面有玉米卷饼、辣椒镶芝士、煎玉米卷、炸薯条和米饭。爸爸要了啤酒,我点了脱脂牛奶,我觉得牛奶就着墨西哥菜一起很好吃。

我们安静地吃了一会儿。爸爸拿起玉米卷,直直地看着我说:"你之前为什么从来没有向我提出任何要求?你

好像一直想坐我的卡车,但是又不想我在旁边。"

我被他的这番话惊呆了,感觉有点儿尴尬。爸爸从来都不擅长表达自己的情感,也许我也是。可我当然需要他!在他们离婚之后的好长一段时间,我都一直期盼他能在我身边。

"也许是我觉得你抛弃了我,"我坦白道,"即使你有时候会带我出去。"

爸爸叹了口气道:"我知道我让你失望了,但是我很

想念你,小子。而过去的这几年里我也成长了不少。"

这次爸爸叫我小子的时候,我没有像以前那样生他的气。他现在叫的"小子"是一个充满爱的昵称,而不是我名字的替代,曾有一度我以为爸爸甚至忘记了我的名字。

我和爸爸有了一次真正意义上的谈话。当他谈到我的未来时我并没有太在意,尽管我希望他不要提到这个问题。他送我回小棚屋,说:"我们需要给飞龙建一个狗屋。"

妈妈下班回到家，我告诉她关于爱丽丝的事情。"很好。"她说，她是真心觉得很好，"他能找个伴儿，我真替他高兴。"也许是因为爸爸住得很近，妈妈不希望他一个人孤零零地在这边闲逛。不过爸爸过来一起建狗屋就不一样了。

3月13日

现在几个问题都解决了,虽然不是关于未来的问题,但我感觉很轻松。我跑得更快了,好像脚后跟长出了翅膀,像罗马神话里的墨丘利。不过有点儿不一样的是墨丘利的脚本来就不着地,所以不用穿田径鞋。

教练希望我参加八百米比赛,凯文参加一千五百米比赛,而日内瓦不再像以前那样撞倒那么多栏杆了。

日子呼啸而过。培瑞放学后和飞龙一起跑步,然后把它带到田径赛场,让我牵回家。

我一边拖地,一边学习西班牙语:Esta mesa es de madera.Está sobre la mesa.(这是一张木桌子。它在桌子上。)

我在跑步的时候,想起了我们正在学习的那些短篇故事。这个学期的英语老师,是德雷克先生,他并不是那

种刻薄的老师,"这个故事的主题是什么?""有谁愿意说一下这个故事的主题吗?"因为他知道没人喜欢回答主题类的问题。我喜欢主动回答问题,即使有时候会答错。

3月14日

今天我做了一件蠢事。我去看日内瓦跨栏。等她停下来休息的时候,我鼓足勇气走到她跟前(没有太近)。

"嗨,雷伊。"她说。

"跑得很好,"我说,"但是你有没有想过你的头发可能会加大风的阻力?如果你扎起来,可能会跑得更快。"

她把手放在头发上,贴在脸上的一些头发卷卷的、湿漉漉的。"我从来没有想过呢,"她承认,"谢谢你的建议。"

"你的头发的确很漂亮。"为了让她感觉我不是对她有什么批评的意思,不知为何我想到培瑞奶奶织的针织衫,于是脱口而出,"你的头发如果织成毛衣会很好看。"

日内瓦停下来看着我,双手叉腰:"雷伊,你真的很奇怪!"她转身跑开了。

我很想揍我自己。

3月15日

田径,田径,田径。

这个学期学校的生活更有趣了,尤其是在英语课上学习短篇故事。我每天学习、睡觉、起床,带着飞龙跑步,放学后训练。这周五下午就有比赛,要和金城队比赛了。

我想起电视播过的奥林匹克运动会:奖杯、阳光、旗帜,还有来自世界各地的优秀运动员。奖牌挂在运动员脖子上后不久响起的国歌,为之欢呼的观众,还有获奖运动员努力抑制的泪水。

接着要带飞龙训练了。训练是一天中最美好的时刻。我喜欢田径鞋踩在跑道上沙沙作响的声音,跑步之后的愉悦,还有时间一点点缩短的满足感。在更衣室的玩笑也让人开心,即使有人朝我丢毛巾也很欢乐。我为我那金红色的卫衣感到自豪。日内瓦在田径队笑着对我挥舞着毛巾,这说明她并没生气。培瑞带着我的狗狗来跑道看我训练了。

有时候凯文会跟我一起回家,或者我们一起去培瑞家。凯文第一次来我家的时候口无遮拦地说道:"这就是你住的地方?"但他马上就为自己的鲁莽而道歉,凯文还是很有教养的。

"当然啊,"我说道,"这里不会淋雨。"

现在,凯文在他妈妈出去打桥牌的时候,宁可来我家也不要一个人待在自己的大房子里。就像他说的那样,他要做一个室内设计师。有时候我们会自己下厨,我教他怎么做煎蛋卷。如果他知道妈妈会回来吃饭,他还会戴上围裙。妈妈说他是一个散发着忧伤气息的小男孩,就像我在六年级爸妈离婚时候那样。

现在我有三个好朋友了:培瑞、日内瓦和凯文。我也是田径队的一员了,我非常适应这样的生活,找到了归属感。

3月17日

我的田径赛首秀就像奥林匹克运动会那样遥不可及。金城队的人数是我们的三倍，他们每个学生都好像是从巴士里爬出来的，也许正因为这样，他们有些无所事事。天上乌云密布。两支队伍分别把自己队伍的瓶装水、书本、外套和零食放在看台的不同区域，好像我们在坚守各自的领地。

看到那些互为对手的校队成员相互友好地打招呼，让我感到很不可思议。妈妈们和为数不多的爸爸们，全都包裹得严严实实的，好像在等待着一场暴风雪的来临。他们拿着热水壶爬上看台。

田径选手在刚画好的跑道上练习冲刺，或者在操场上拉伸韧带。接力队的队员们齐刷刷地站在一起，他们正练习交接棒，腿部运动起来就像活塞一样。

当运动会开始的时候,所有人看起来都在为彼此欢呼,我为日内瓦加油最卖力气,她参加了一二年级的跨栏赛,并得到了第三名的好成绩。我注意到她的头发扎了个结,盘在后脑勺上。

突然扩音器响起来了:"大家注意,一二年级八百米比赛即将开始!"听得我的心里抽搐了一下。我爬下看台开始和其他参赛运动员一起做热身运动。在第二次通知响起来的时候,我们已经练了几回短距离冲刺跑,以保持身体的敏捷性。当扩音器再次响起"最后一遍通知"时,我们都在跑道上各就各位了。

我们脱下各自的外套并回到自己的位置上。"各就各位。"身体前倾,等待发令枪响。一阵冷风吹过,我感到肌肉有些被冻僵了,好像淋到了几滴雨。

啪!我们冲了出去,但又被叫了回来。有人抢跑了,只好再来一次。我的双脚踏上跑道。观众们都在大喊。我一边伸展着步伐一边听到几个声音飘入了我的大脑:"跑啊,杰克!""飞起来,飞利浦!"一圈下来,我依然感觉自己很有力。教练在我旁边,"双臂摆起来,雷伊!"当我经过他的时候,他对我喊道。我摆动着双臂并祈祷跑到最后还能

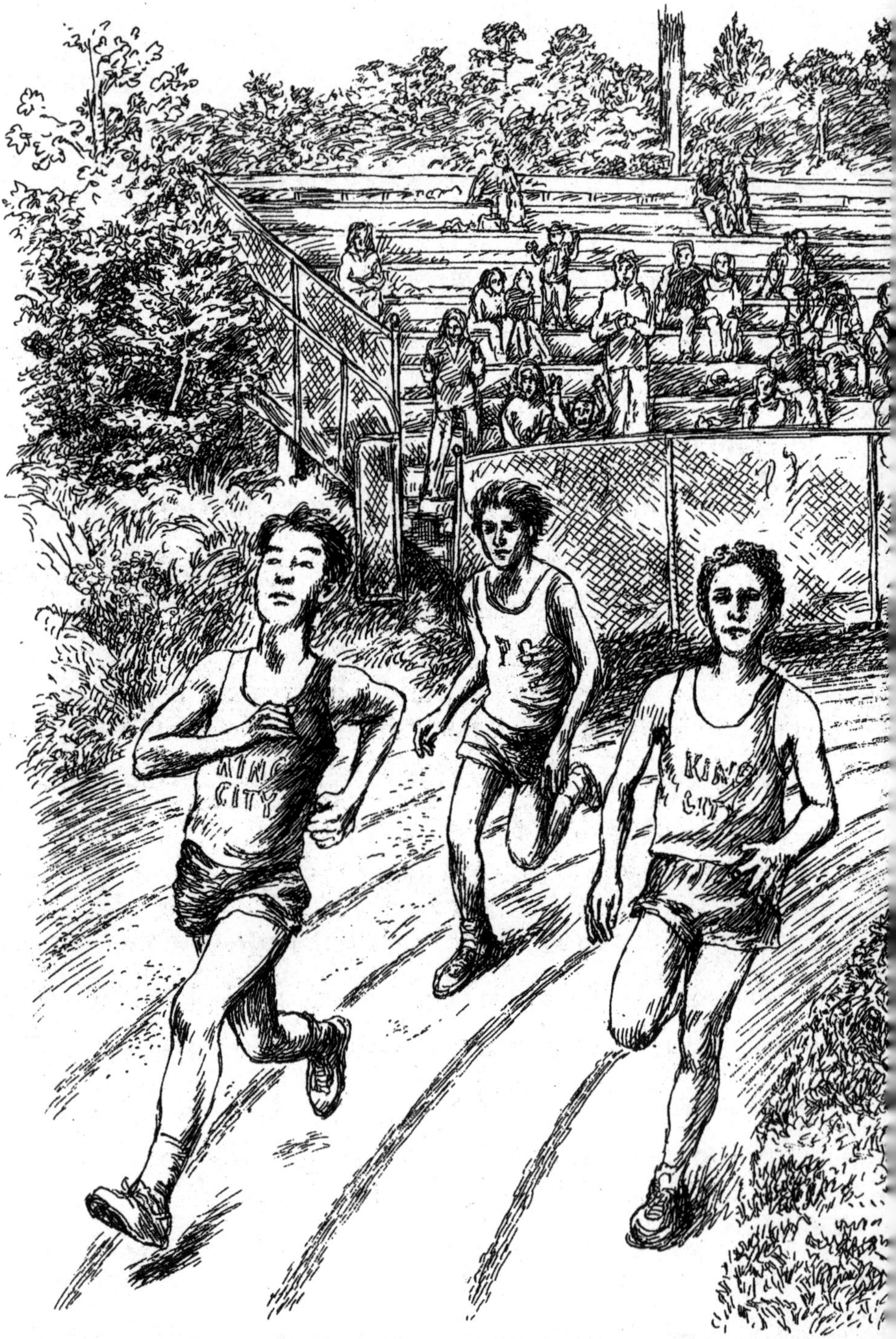
KING CITY
PC
KING CITY

呼吸。我听到飞龙在吠叫。日内瓦的声音传来："雷伊！加油啊，雷伊！"我绕着跑道的弧线更加奋力地奔跑着，又是一圈下来，比赛结束了。一个金城队的家伙赢了。

我跑下了赛道并在草地上呕吐起来。

教练过来了，一把搂住我的肩膀，"没关系的，孩子。"

他说,"你只是个新手,这很正常。把衣服穿上。继续加油吧。"

当我冷静下来后,我爬到看台上坐在飞龙和培瑞旁边。这时扩音器响起:"鲍雷伊,第三名,2分27秒。"

"还不错!"培瑞说道,飞龙舔着我手上咸咸的汗水,"金城队的人很强。"

"干得不错!"一个校队的队员对我说。日内瓦对我竖起了大拇指。她的头发放了下来,在肩膀上飞扬。

2分27秒。比赛的时候,我感觉那简直是无限的长久。

还好没人提到我呕吐的事情。

3月31日

和飞龙一起奔跑,上学,跑步,学习,睡觉,日子就这样一天天过去。缩短零点几秒的时间需要无数个小时的努力才能换取,我失去着,也收获着。

观察其他队员也非常有意思。有个外表英俊的撑竿跳高选手大摇大摆地走了过去,因为他知道他会赢得比赛并且博得所有女孩子的眼球。还有一个校队八百米队员,一个真正爱炫耀的人,一直在人群面前做着高抬腿冲刺动作。他的姿势不错,只不过跑得不快而已。

一二年级队里有个胖得像柱子一样滚圆的女生,她非常引人注目。第四圈的时候,所有的运动员都超过她到达了终点,她却继续笨拙地挪着步子一个人跑着。所有人都耐心地看着,没有人嘲笑她。当她跑过终点时,所有人都为她欢呼。我很好奇为什么她明知道自己不可能赢却

要跑这一英里。可能她想要减肥吧。无论出于什么原因,她一直没有放弃,对此我很钦佩。

坐车去其他学校很有趣,全队人一路嘻嘻哈哈,欢声笑语,回来的路上睡觉的睡觉、聊天儿的聊天儿。如果路程很远的话,我们会在回来的路上找家快餐店吃点儿东西。校队走在最前面,一二年级的跟在后面。餐厅经理看到我们来了总是不大开心。

今天早晨当我和飞龙沿着海景大道奔跑的时候,我看到情人角公园正在组织一年一度的拔草活动,四月一日,提供给参与者免费的咖啡和甜甜圈,以及一棵小松树。

很高兴看到人们自愿参加拔草活动,我自己也会参加,因为这样可以让这里更加美丽。

今天当我去上数学课时,日内瓦走了过来。"你现在变得非常棒,"她说道,"在跑道上,我指的是。"

"谢谢。"我说,"你也是。"当我想说看自己应该再说些什么的时候,我竟然听到自己脱口而出的一句话:"明天你能跟我一起去拔草吗?"

日内瓦突然停了下来,就好像有人撞到了她一样。我也停住了脚步。她有些不可思议地看着我。"拔草?!我没听错吧?"

我知道自己肯定羞得脸都红了,但是我坚持着我的立场,说:"是的。"然后我解释了情人角拔草活动,并在心里想:"别笑,别告诉其他女孩子,她们也会笑的。"

日内瓦没笑。她微笑着回答:"我想这是个好主意,雷伊。我愿意和你一起去拔草。"

我们约好周六早上九点见。

今天下午的运动会上,我在和冈萨雷斯与索克尔的对决中快了四分之三秒。

4月1日

这天吃过早饭,我跟妈妈说:"呃,我今天上午要去拔草。"妈妈听到这句话时口中的咖啡都喷了出来,"雷伊,你从来都没拔过草。你打算拔谁家的草呢?"

"镇上的杂草。"我严肃地说道,"在情人角。"

"哦,是的,一年一度的拔草节。好主意。我很高兴你想参与。"她咬了一口粗粮吐司,说:"有趣,你突然对拔草感兴趣了。"我知道她在取笑我。

我接着她的话说:"是的。这种无法控制的冲动支配着我,也许是因为地面震动的感应,也许是因为月亮的位置。但是我就是情不自禁。我要去拔草!"我让自己看起来像个狼人。

妈妈哈哈大笑起来。我找到一把旧旧的小刀,把飞龙的皮带系到了它的脖子上。

妈妈对我说："小心刀子。"她总是担心各种各样的事情。我一把抓住上次爸爸留下的网眼帽，上面写着"A-1零件，卡车司机的首选"，然后跑出了门。"玩得开心哟！"妈妈在背后喊着。

我尽量说服飞龙和我一起走过去，因为我满脑子想的都是为什么我就不能像那些喜欢吹牛皮的撑竿跳高选手一样帅气呢？（事实上，我比以前好看多了，但不像撑竿跳高选手那么好看。）要是日内瓦把这事忘记了，不来怎么办呢？她肯定觉得整件事都很傻，我也很傻。说不定她只想逗逗我呢？我是不是应该也给她带一把小刀呢？

看到日内瓦朝我们约定的长凳走来，我心里悬着的石头终于落了地。她不像其他女孩那么漂亮，但是她穿着淡绿色汗衫，一条短裤，还戴着一顶大草帽，看起来棒极了。她拿来了园艺手套和泥铲。日内瓦抚摸飞龙的头，说，"嗨，狗狗。"飞龙摇了摇尾巴。

温暖的阳光，蓝绿色的海水，小小的浪花与岸边的石头窃窃私语着，空气中弥漫着海藻的咸味，蜜蜂在茎上有刺的蓝色小花上嗡鸣。穿着旧衣服的老老少少都在拔草。"总统先生"的面包车停在路边。

一个狮子俱乐部的人递给我们每人一个塑料袋,他说看到年轻人对拔草感兴趣,感觉很开心。

我把飞龙的牵引绳系在长椅腿上,然后和日内瓦一起从冰叶日中花丛里拔出杂草和酢浆草。酢浆草开出非常漂亮的黄色小花,我在想是谁把它归为杂草的呢?

拔草的时候,我和日内瓦并没有说太多的话。但我还是了解到了这些:她练习跨栏是因为在电视上看到奥林匹克运动会的跨栏比赛,她觉得那就是她喜欢的运动;她父母(爸爸妈妈都在哟!)住在一个古老的大房子里,他们把房子改造成经济型旅馆;她父母都出生于英国;每天上学之前,她都会穿上有花边儿的围裙,推着小推车给那些预定早餐的人送餐,而走进那些还在床上的旅客的房间让她感觉很尴尬……我告诉她我也在帮凯蒂阿姨的店铺

拖地,这件事只有培瑞知道。

一只松鼠在飞龙够不着的地方不断摆弄着尾巴,飞龙开始吠叫,一直扯拉着牵引绳,直到咳嗽起来。我拿出随身携带的两张卡片,举起一张,让它"坐下"。飞龙直勾勾地盯着松鼠,但最终还是坐了下来。当我举出"不许动"的卡片时,它乖乖地趴下,把鼻子放在爪子上,眼睛还盯着那个在它面前蹦蹦跳跳的可恶的松鼠。

日内瓦跪坐下来。"为什么你不和你的狗狗说话呢?"

"为什么?"我试图让自己看起来很有趣,"因为它识字啊。"

日内瓦笑翻在地,我拉了她的手(哇哦!),让她重新坐好。我们累得汗流浃背,于是一起去狮子俱乐部的卡车那边领取了咖啡和甜甜圈。我从没喝过咖啡,但当卡车上的人递给我一塑料杯咖啡的时候我还是接住了,日内瓦也要了一杯。我们坐在拴飞龙的长椅上吃甜甜圈,喝咖啡。飞龙睁开一只眼睛,鼻子和嘴巴都放在我的脚上,又把眼睛合上了。我向日内瓦解释我为什么会拥有飞龙,为什么它会认识一些单词。

一只黑脉金斑蝶在风中摇曳,停在了一朵蓝色的花

上，也许它在储备能量飞往阿拉斯加。看着日内瓦脸颊旁边的头发从帽子下面散下来，我说:"你知道你头发的颜色和黑脉金斑蝶翅膀的颜色是一样的吗?"

"是吗，雷伊，这句话听起来真悦耳!"日内瓦看起来既惊奇又开心，"我周围的人都叫我萝卜头，我讨厌他们这么说。"

"他们这样是不对的，"我说道，"你有蝴蝶般漂亮的头发。"我突然觉得有点儿害羞，于是低头盯着还是满满的咖啡杯。我说:"我从来不喝咖啡，但又不好意思说不要。我觉得我还是不喜欢喝。"

"我也不喜欢，"日内瓦说，"但是我不想承认。"我们相视而笑，都把杯子里的咖啡倒进了灌木丛。一只焦虑不安的田鼠跑了出来，四处看看又跑回去了。

"谢谢你邀请我，雷伊。我现在要回去了。"她说她要回去烘烤曲奇，因为她妈妈要做下午茶去招待来这边旅游的客人。她爸爸负责倒酒，扮演一个"和蔼可亲的主人"。日内瓦不怎么参与这些事情，主要原因是人们总说他们对年轻人的想法感兴趣，想知道她未来打算做什么，而她却一直不知道该怎么回答。我们都觉得"你对未来有什么打算"是大人们对我们这个年龄的人问过的最无聊、最愚蠢的问题。正像日内瓦所说的,我们只有 14 岁,大人们期待我们回答什么呢？我们一直到 80 岁的计划吗？

我们正准备离开的时候,一个狮子俱乐部的人要我们每人都领一棵种在罐子里的松树,说是为了更好地美化我们的半岛。我和日内瓦互相看着,不知道怎么处理我们的树苗。在一旁站着吃甜甜圈的"总统先生"正注视着我们,他说:"你们在考虑怎么处理这个欣然接受的麻烦东西。"他的话说明他能体会我们的感受。我们点点头。"给我吧,"他说,"在月黑风高的夜晚我会把它们种在游客去海滩时常走的小路上,那里的植被都被破坏了。"

"有趣的老头儿,但人很好。"当我们把树苗交给他时,日内瓦评论道。

"海滩的守护者。"我说。我们开始走路回去,但是飞龙轻咬我的脚后跟,于是我们安静地慢跑起来,比我的预期更早就到了日内瓦家。日内瓦站在走廊上招手说:"田径场上见。"接着就去为游客烤曲奇了。

我把所有的事情都记录下来,因为今天是一个非常棒的日子。

4月14日

　　教练说日内瓦、凯文和我的成绩都很棒,有资格去参加轮流邀请赛!别了,我的日记!等到比赛结束后再说吧。

　　另外,爸爸打电话给我,说看到了成绩单上体育一栏里我的跑步成绩。他现在不再为卡车加油了,而是在一家大公司开铲车。他还说很快就能给我抚养费了。我听说开铲车的确能赚钱,所以等着瞧吧。如果爸爸能开心的话我宁愿不要抚养费,但这对妈妈不公平。

4月29日

　　邀请赛昨天在我们学校的田径场举行。今天我感觉非常好,于是打电话给日内瓦,邀请她同我和飞龙一起去跑步。凯文也在跑步。我们三个人跑到卵石沙滩,之后回到日内瓦家的旅店找吃的。韦斯顿太太非常好,给我们做了三明治。日内瓦的爸爸给我们讲他在英国时斗蟋蟀的故事,日内瓦直朝我们眨眼睛。我和凯文都非常有礼貌,即使我们根本不明白他在说什么。

　　明天我们就要交作文了。我真希望自己没有把作业拖到最后一分钟才完成。德雷克老师那天交代,作文的内容一定要写自己的亲身经历,听起来很简单嘛。但是老师接下来又说:"这个班级写作文有太多修饰的东西了,太多形容词和副词。这次你们的作文只能用名词和动词。"

　　我最近绝大多数的经历都跟跑步有关,于是就有了

下面这段文字：

"阳光灿烂，跑道闪烁，观众期待。田径运动员慢跑，做热身运动，抖抖胳膊，试试钉鞋。计时员手握秒表。广播员命令：'运动员，各就各位！预备！'我们蹲伏着，我想，在2分20秒之内。肾上腺素急速上升，砰的一声，我们立马弹出去，开始跑了。我一路领先，后面的人不断赶上，和我并列了，超过我了。观众中有人大喊：'加油，雷伊，加油！'我们绕了一圈，其他人开始加速，我超过了一个。教练大喊：'把腿抬高，雷伊！'

"我按照教练的指示，加大步伐。有人超过我了，心跳加速，肺开始疼了。我超过了一个。又绕了一圈。观众欢呼。我竭尽全力，奋力奔跑，转动眼球，旁顾他人。我努力前进。我看到了终点线。一个男生超过我，他撞线了。观众欢呼。我跑过终点线。我弯腰，手扶膝盖，喘气。心脏怦怦直跳。汗流浃背，汗滴落到了跑道上。我挺直腰，慢跑，冷静下来，等待。广播员要报成绩了。我听到：'鲍雷伊，2分19秒。'我输了这场比赛，但是比我预计的时间要少。我很高兴。"

我困了，准备睡觉了。

5月2日

昨天我把作文交上去了。今天早上德雷克老师在走廊拦住我,说:"雷伊,你的作文写得很好,得了A。但是让我感到很困惑,你的比赛我看了,你为什么在作文里不说实话呢?"

我告诉他我不想吹牛,让其他同学觉得我自我感觉太好。

德雷克老师大笑。"但是你有可以炫耀的事情啊。你不光是快了两秒赢得了比赛,而且你的成绩和那些大学选手一样棒。"

"是的。"我承认道,"但是我只是达到了自己设定的目标,我才会那么写。赢得比赛很有趣,但是超越我内心的时间更重要。至少对我来说是这样的。您说作文的题材必须是自己的亲身经历,但您没说一定要是真实的。"

德雷克老师拍了拍我的肩膀说："你是个好孩子,雷伊。我们都为你感到骄傲。"说罢便走进了教室。我在想:他说的"我们",指的是谁呢。

那个邀请赛如此让人兴奋。如果不用一些美妙的形容词来形容的话,恐怕很难写出真实的场景。

我被日内瓦深深地惊呆了,她把头发剪短了。

"风有阻力,"她解释道,说着便把系得像蝴蝶结一样的头发递给我,"可以拿去织毛衣。"她笑得很欢快。我把她的头发卷好放进装备袋里。"不要那么震惊,雷伊,"她说,"我的头发长得很快。我之前剪过。"她走到第一个栏杆时说,"也许这样会减小阻力。"

凯文跑步拿了第三名。他说这会让他那个饶有兴趣的爸爸感到失望。"他的孩子又不是赛马。"凯文嘴上是这么说的,但他看起来很快乐。

培瑞过来向我祝贺。他说他有可能在下个赛季参加一个田径项目。推铅球会让他的肩膀更强壮。

妈妈调了上班的时间来看我比赛,她是带着飞龙过来的。狗狗在田径赛场上并不受欢迎,但是妈妈一直牵着它。爸爸也来了,是和爱丽丝一起来的。他不像以前那么邋遢了。

我必须承认贴在胸前的号码让我感到异常兴奋。比赛结束,观众欢呼,向我祝福。妈妈和爸爸以及爱丽丝在聊天儿,我慢跑着让自己平静下来。飞龙从妈妈的手中挣脱出来,拖着皮带在田径场上向我跑来。它纵身跃起,舔舔我的脸,不仅仅是因为我脸上汗水的咸味,更是因为它爱我,知道它是我的狗狗。

这时,有个声音喊道:"请把狗带离田径场!"

我牵着狗穿过人群,找到妈妈。我低头看看飞龙的狗毛,它也抬头看着我。我想如果当初没人抛弃这只咬人脚后跟的狗狗,我就不会出去跑步,也许还在整天拖地、为

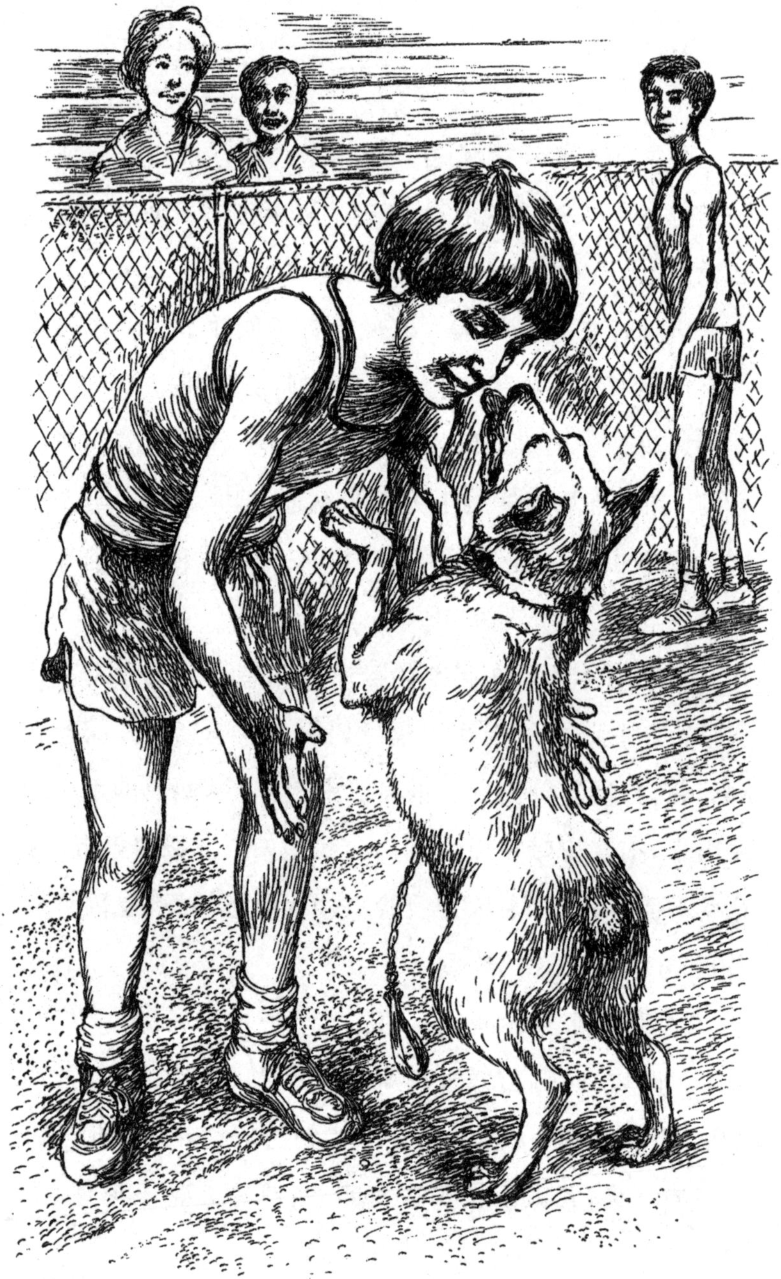

我自己感到悲哀呢。

我站在妈妈跟前,穿上毛衣。我忘记拿出卡片,命令飞龙"坐下"了。它好像一点儿也不在意那张卡片上的词了,坐下来信任地看着我,好像对我说它知道我永远不会丢弃它。

从去年夏天开始,我和飞龙都有很大的变化。在德雷克老师用"我们"表达他以我为荣后,我知道只有超越我自己预定的目标,才能达到终极目标。在田径赛场上,我失去着,也收获着。

我把飞龙的脸捧在手心,看着它的眼睛说:"飞龙,你真是个高贵的家伙。"

望着飞龙信任的双眼,往事一幕幕涌上心头。爸爸的离开,妈妈的忙碌,仿佛一张大网笼罩着我略显阴郁的童年。汉修先生的出现,像一阵清风,将我头顶的乌云吹散,让我重新找回了自信。随着时间的流逝,我学会用文字记录成长,用成熟回应青涩,或许有一天,我会成为像您一样的作家,但是现在,我不需要等待您的回信了,因为我已经知道了答案!

再见了,汉修先生!

书评

告别的姿态

冯与蓝

我几乎是怀着热切的心情阅读这部小说的。作为《亲爱的汉修先生》的续集,《再见了,汉修先生》承载了我对原作巧妙结构和趣味语言的期待,也安抚了原作开放式结尾带给我的意犹未尽,虽然明知道留下想象空间的方式更为高明。

作为日记,总不免要交代一些日常琐碎,书写主人公面对各种生活难题的所思所想;而作为小说,特别是儿童小说,讲好一个吸引人的故事又是基础。《再见了,汉修先生》做到了两全——既让雷伊在日记中将内心世界的碰撞变化娓娓道来,又不被絮叨所困,清楚地呈现了故事脉络,几条线索明暗交错,最终归为一体,促成了雷伊的身心成长。作者很好地把握了这个"度",因此这部日记体小说流畅真实,各种看似随意的生活细节的嵌入,丰满了雷伊这个青春期男孩的形象。更为真实的是,雷伊的成长不是一蹴而就的,而是呈现一种"螺旋上升"的姿态:在难题和困境面前,他会忧虑彷徨,也会失落沮丧,不过在退守和反思之后,他总能找到办法应对。

就像走在一条时而平坦,时而崎岖,布满了不知终点的分岔的道路上,成长的足迹并不是每一步都天衣无缝。而成长本身,也从来不是一件轻松的事。作者也并不打算把普通男孩雷伊变成完美男神。作为成年人的我在阅读这部小说时,完全能够体会到雷伊在这条路上走走停停的迷茫,在乍然遇见知音时的欢喜,在守护一个被遗弃的小生命时的占有欲,在面对离异父母的关系时的纠结……以及诸如羞怯、自责、爱恋、勇敢等等复杂的情绪情感。作为单亲家庭的孩子,过着仅够温饱的生活,雷伊却没有受困于现实。虽然很多想要的东西无法唾手可得,但他依然积极地寻找解决办法。在第一部小说里,他凭借自己的力量做成了午餐盒报警器,交到了朋友;还以一篇习

作获得了作家的褒扬,信心大增。在续集里,拥有了朋友的雷伊遇到了新问题:如何收养一只被遗弃的狗,和朋友分摊责任和义务,以及面对爸爸破产的坏消息,当然,还有青春期男生常常遇到的麻烦,比如怎样与一位可爱的女生交朋友……在这些困扰里,雷伊不得不正视自身的怯懦、自私,承受着愧疚和懊恼。并在深入的反思中获得内在动力,勇敢面对过失,勇于承担责任,甚至第一次向父亲求助——帮助者和被帮助者都很高兴。

根据埃里克森的心理发展"八阶段理论",第一部小说中的雷伊完成了学龄期的任务,以勤奋化解了父母离异造成的自卑感,见证了自身的能力;那么在续集里,已进入青春期的雷伊更为关注自己在别人眼中的形象,他希望成为父母心中可靠的大人,也努力想在新的集体中占有一席之地。"缩短零点几秒的时间需要无数个小时的努力才能换取,我失去着,也收获着。"这是雷伊在付出汗水,超越自我时的感悟,这种收获带来的成就感与众人眼中的运动健将雷伊是如此相符,如同风雨过后天际悬挂的一道彩虹。同时,这种成就感也帮助雷伊自立自强,最终促成了他"告别"时的轻盈姿态。

从上一部《亲爱的汉修先生》一直到续集《再见了,汉修先生》,不难发现因为雷伊父母工作忙碌,汉修先生的作品带给他很大乐趣,因而成为他的精神寄托,这是整个故事的缘起;而当父母离异,跟随妈妈搬到陌生地方去之后,雷伊更是逐渐养成了写日记的习惯,起初是汉修先生的建议,也可说是雷伊本人的内在需求——一个步入青春期的男孩子,默默承受着来自家庭方面的压力,早熟而忧虑,又暂时没有朋友可以倾诉,写日记无疑是最好的排遣方式。于是,从无话可写,时时抱怨,渐渐变得语句生动,条理清楚,不时还有好玩儿的段子令人捧腹,最终,他以自信的姿态"告别"了汉修先生,因为他已经"知道了答案"。

看到这里,不妨给小读者们提几个问题。第一个问题,也是这本书最重要的一个问题:

为什么雷伊要告别汉修先生,不需要等待回信了呢?

是的,结尾处他说"因为我已经知道了答案",那么你们知道答案是什么吗?

第二个问题,雷伊的爸爸妈妈最终没有复合,雷伊已经坦然接受了这个事实,那么你们怎么看这件事呢?这个

国际大奖小说

问题好像有点儿棘手,不过我觉得,对于能够读懂这本书的高年级学生来说,是可以把问题抛给你们了。

接着谈谈雷伊的两位朋友——培瑞和凯文吧!是什么使他们成了朋友呢?

还有,作者为什么要花大量笔墨去写一只叫飞龙的狗?它在故事里起了什么作用?你觉得它的出现是巧合吗?

问题实在太多了,再比如,雷伊说的"赢得比赛很有趣,但是超越我内心的时间更重要"这句话是什么意思呢?

…………

也许你们读故事的时候自己会发现问题,那么就和周围的小伙伴们一起探讨吧!如果你们觉得有好玩儿的地方——反正我有好几次因为看到了好玩儿的句子而哈哈大笑——最好大声把它们念出来,让大家一起笑一笑;要是你们学到了解决问题的办法,或是从雷伊的成长中汲取了力量,更要和大家一起分享,我想,这也许是亲爱的汉修先生最乐意看到的事。

教学设计

飞龙原来是只狗

周其星 / 阅读教师

【内容介绍】

飞龙是谁？

飞龙是只狗的名字。

就像土匪也是一只狗的名字一样。

土匪曾经也是雷伊的狗，而飞龙呢，是雷伊和培瑞共同收养的狗，是一只澳大利亚牧牛犬。

你知道雷伊是谁吧？

就是那个给一个叫"汉修先生"的作家写信的小家伙，不过，现在他已经长大了，你将要看到的是他读初中以后的故事。

培瑞呢，是雷伊的好朋友，死党那种吧，在这个故事

里，只有飞龙和雷伊肯定是不够的，雷伊的爸爸妈妈必须继续出场，而培瑞还有其他几个人也要陆续登台，故事才会精彩。在成长的路上，你肯定会遇见不同的人，发生不一样的事，这很自然，雷伊同样如此。

究竟发生了哪些变化呢？

爸爸和妈妈还是没能在一起，爸爸还是卡车司机，虽然后来的工作经过了几次变化，不过"土匪"还是跟着他。

妈妈已经完成了护士职业课程并留在了医院工作，雷伊和妈妈仍住在"庭院小屋"里，而它其实就是一个小棚屋。

雷伊听从了汉修先生的建议，保持了记日记的习惯，不是每天写，但只要想写就写，所以作文成绩一直很好。

雷伊和培瑞一起收养了流浪狗飞龙，还教会了它识字，他们不是直接命令飞龙"坐下"或"站起来"，而是用识字卡片来训练它。飞龙学得很快。雷伊每天都会陪着飞龙一起跑步，自己的耐力逐渐增强。在学校运动会上，雷伊取得了不错的成绩，也为日后参加比赛奠定了基础……

生活总要继续下去，一切都开始往更好的方向发展，这些，似乎是从遇见飞龙开始，而飞龙也不过是一只流浪狗。成长中，难免遭遇挫折，不是每个人的起点都很高的，可是这有什么关系呢？你总会遇见善良的同类，世界也终会对你展现温柔的一面。

奔跑吧，少年！

【情景绘画】

阅读的过程，是文字转换成图画的过程，书中的每个人物，每处场景，如果能转换成画面，你会如何作画呢？请拿出你的画笔，开始为以下的文字配图吧，让你的书变得五彩缤纷起来。

肖像1：怪老头儿"总统先生"

海滩上阴暗又寒冷，附近唯一的人是一个我们称之为"总统先生"的怪老头儿，他总是说如果他当总统，一定会给这个国家带来很多改变。他在公园和海滩上巡逻，拖着两个粗麻袋，其中一个装碎玻璃和酒瓶子，另一个装易拉罐，这样孩子们就不会割伤小脚丫了。有些人认为他很古怪，因为他住在一辆破旧的面包车里，但我们不会这么认为，反而有时候会帮助他。（你能画出"总统先生"海边巡逻的模样吗？）

肖像2：初见飞龙

在通往海滩的台阶口,就在防波堤边,一只棕色小狗,身上长着白点,头顶有块白斑,作为一只中型犬,它看起来壮了些,这会儿它正卧在柔软的沙子上。这只狗看起来有点儿忧伤,不停地呜咽着。(这只流浪的小狗,你能画出它的孤独和忧伤吗?)

场景1:飞龙识字

我把"坐下"打印在一张纸上,另一张纸上写着"不要动",接着就开始教了。我们举起"坐下",然后就拉着它的后腿让它坐下。这个花了好大会儿的工夫,但飞龙最后还是学会了。"不要动"要更难一点儿,培瑞举起卡片,我走进厨房,飞龙立马跟着我,因为这是我给它喂食的地方。我让它退回去。(飞龙识字很好玩儿,你准备怎样画?)

场景2:意面墙

布林克霍夫家里我最喜欢的地方就是意面墙。关于如何判断意面是否煮熟,全家人会在厨房里轮流往墙上扔意面,如果意面黏住了,那就说明熟了;如果滑到地上了,那就说明还需要再煮一会儿。当黏在墙上的意面足够多的时候,他们就在上面喷漆并重新开始。这堵墙让我想起了我曾经在图书馆里看到过的一本关于现代艺术的书。(这是书中少有的家庭欢乐场景,你可以画出这堵黏满意面的墙吗?)

【人物图谱】

读完整本书,你对鲍雷伊的了解有多少呢? 来,我们一起为这个新伙伴罗列一下他所喜欢和讨厌的事物吧:

喜欢的事物 _____

讨厌的事物 _____

【问题争鸣】

1.如果没有唠叨的妈妈,那世界会变成什么样子呢? 说不定所有事情都会乱套的。

你的妈妈唠叨吗? 请你设想一下:如果没有唠叨的妈妈,你的世界将会变成什么样呢?

2.自打我开始写日记,我发现晚上不那么孤独了,每当我开始忙起来的时候,就会忘记听周围各种稀奇古怪的噪声了。

你相信写日记会有这样神奇的效果吗? 你有过这样的经历吗?

3."总统先生"在沙子上拖着他的粗麻袋走了过来。"这只狗从昨天起就一直坐在这里,"他说,"没有项圈,也

没有狗证,什么都没有,只是在这儿悲伤地坐着。"

请想象飞龙的来历,在这之前,它和谁在一起,究竟发生了什么事,使得它最终被遗弃在海滩上。如果你觉得有点儿难度,不妨先去看看无字书《流浪狗之歌》。

4.德雷克老师交代,作文的内容一定要写自己的亲身经历。他还说:"这个班级写作文有太多修饰的东西了,太多形容词和副词。这次你们的作文只能用名词和动词。"

于是,鲍雷伊按照他的要求写了一篇文章,你能找到这篇文章吗?你觉得他写得如何?

只用名词和动词来写作,会让文章节奏感更强,文字也更加干净有力,可是,鲍雷伊觉得,如果不用一些美妙的形容词来形容的话,恐怕很难写出真实的场景。根据你的写作经验,你更欣赏谁的观点?为什么?

其实,书中还有不少关于写作的观点、感受,请你一一画出来,在旁边做上批注,你可以反对或者赞同,但请简要地写写你的理由。

5.你觉得这些人对鲍雷伊的影响主要体现在哪里?谁的影响最大?请在后面简要阐明你的观点。

1)妈妈 2)爸爸 3)培瑞 4)日内瓦 5)飞龙